人妻添乗員
お乗りあそばせ

霧原一輝

Kazuki Kirihara

イースト・プレス 悦文庫

目次

人妻添乗員　お乗りあそばせ

第一章　ドジッコ添乗員　朱里

1

「おーい、添乗員さん。歌でも歌ってくれや」

「ええ？　わたしがですか？　上手くないですよぉ」

「いいよ、いいよ。何でもいいから歌ってくれ」

日焼けした顔を酒でさらに赤くした農協関係のツアー客にリクエストされて、後藤朱里《ごとうあかり》は困惑したふうを装ったものの、じつは、さきほどから自慢の喉を披露したくてしょうがなかった。

「じゃあ、行きます。みなさまご存じでしょうか？　ご存じですよね。初代コロンビア・ローズさんの『東京のバスガール』です」

「おおぅ……！」

農業に従事するツアー客から、拍手と歓声があがった。

朱里は、むちむちぷりんのはち切れんばかりの身体《からだ》をバスガイドの制服で包んでいる。ほんとうはバスガイドではなく、ツアーコンダクターである。

しかし、朱里はバスガイドに憧れていたし、ツアー客も制服のほうが喜ぶから、添乗をするときはいつもこの格好をしている。

濃いブルーの制服に、ちょこんと制帽をかぶっている。レトロなバスガイドの格好だが、朱里のお気に入りである。

『若い希望も……』

と歌いだし、『発車オーライ』という歌詞のところでは、立ちあがった客がふざけて、腰を突きあげている。おそらく『発射オーライ』とかけているのだろう。

腰をせりだしながら、卑猥《ひわい》な笑みを浮かべて朱里を見る。だが、朱里はめげない。にこにこして、受け流す。

『東京のバスガール』の歌詞にも、酔った客にいやな目にあって涙を流しても、明るく走るのよ、とある。

それに、これは農協が主催したツアーで、お客さんたちはほとんどが農業に従事している人たちだ。たまには、旅行でお酒を呑んで、パーッと騒ぎたいという気持ちはよくわかる。

朱里は添乗員派遣会社『スタッフ・プリティーズ』の社員だ。一年前に人妻だけで起業した従業員四名の小さな会社で、順調にいっているとは言いがたい。

ここは朱里も頑張って、アンケート用紙で添乗員には『大いに満足した』という評価をもらいたい。そうでないと、もううちには添乗員の仕事はまわってこない。

現在、添乗員派遣会社は明らかに多すぎて、過当競争におちいっている。そんななか、うちのような弱小会社が生き残っていくのはとても難しいのだ。

歌い終えると、大拍手が起こった。

「かわいいよ！　ネエちゃん！」

「一発ヤラせて！」

農家の跡取り息子たちに、下品にからかわれて、

「やだあ……それ、セクハラですよ。もう、プンプン！」

朱里が両手を額にあげてかわいく頬をふくらませると、どっと笑いが起こった。

いい調子だ。乗車して一時間しか経っていないのに、ツアー客の気持ちを鷲《わし》づかみにしている。

このツアーは、伊豆半島《いずはんとう》をまわる旅で、初日は伊豆の下田《しもだ》に宿泊することに

なっている。それまで、ずっとバスのなかだから、今のうちに客の気持ちをつかんでおきたい。

「ガイドさん、歳はいくつなの？」

若い客が訊《き》いてくる。

「ええ？　ダメですよ。女の人に歳を訊いたら」

「いいじゃんかよ。教えてよ」

「もう……しょうがないな。ここだけですよ。他の人には言わないでくださいね……二十三です」

事実を明らかにすると、「若いな」というような声があちこちで聞こえた。

確かに若い。現在添乗員の七割が女性で、しかも、三十代が圧倒的に多い。だから、朱里は若さを売り物にしている。もっとも、若さではなく、バカさだと陰口を叩く者がいることは知っているが、気にしない。

「独身なんだろ？　つきあってくれよ」

また、さっきの若い男だ。顔が赤いから相当酔っている。ここは、きっちりと事実を明らかにしておいたほうがいいかもしれない。

「残念でした。もう、結婚しています」

「えっ……？　人妻なの？」

「はい、人妻です。一年前に結婚しちゃいました」

バスの車中がざわざわしだした。

やはり、この若さで結婚していることが珍しいのだろう。

朱里は旅行関係の専門学校を卒業してすぐに、旅先で知り合った男とつきあい、そして、一年前に結婚した。

まだ子供を作るつもりはないし、しばらくはこの仕事をつづけて、夫婦で共稼ぎをするつもりだ。とにかくみんなでわいわいやることが大好きで、人の笑顔を見るのも好きだから、この仕事は向いている。

結婚しているからと言って、マンションでひとり家事にいそしむなど、想像しただけで頭が痛くなる。

「あれっ、どうしました？　がっかりしちゃいました？　大丈夫ですよ。このツアーの間は独身のつもりですから。独身として扱ってください」

言うと、客の何人かがにたにたして、鼻の下を伸ばした。

（ということは、もしかしてわたしを狙ってる？）

朱里は顔はまあまあかわいいほうだと思うし、身長百五十五センチ、バスト九十センチ、ウエスト六十三センチ、ヒップが八十八センチのこのむちむちぷりんの身体を、わざわざバスガイドの制服で包んでいるのだから、熱い視線を浴びせてくれないと張り合いがない。

「朱里ちゃん！」

中年の真っ黒に日焼けした中年男性が声をかけてきた。

「ハーイ、何ですか？」

「何でも歌えるのかい？」

「だいたいは、大丈夫でーす」

「じゃあ、セイコちゃんを歌ってくれよ」

「ふふっ、いいですよ。どちらかと言うと……得意です。じゃあ、歌いますね」

朱里がセイコちゃんの大ヒット曲をブリッコ風に歌いだすと、みんなが手拍子をしだした。

（やった！　わたし、ツアー客の心を鷲づかみしてる！）

朱里は、このツアーは絶対にイケると感じながら、セイコちゃんのヒット曲をメドレーで歌うのだった。

夜、伊豆下田の海を眺望できる旅館の宴会場で、朱里は約四十名のツアー客とともに、宴会の真っ最中だった。

普通、ツアコンは客と別に食事を摂《と》るものだが、今回は特別に宴会に出てくれと幹事に頼まれていた。

酒に目がなく、みんなで騒ぐのが好きな朱里には、願ってもない誘いだった。それに、ツアー客にさらに自分を印象づけて、アンケート用紙に『満足した』の意見をもらうには絶好のチャンスだった。

だから、持ち前の明るさと笑顔で、朱里は頑張った。

ひとりひとりにお酌《しゃく》をしてまわり、返杯を受けた。しかも、幹事のリクエストに応えて、バスガイドの制服を身につけていた。

もちろん制帽は脱いでいるが、濃紺のジャケットにタイトスカートで、しかも、小さめのサイズなので、白いブラウスを持ちあげた大きな胸が強調されているし、膝上二十センチのタイトスカートなどはぱつぱつに張りつめて、ぷりんっとしたヒップの形が浮きでてしまっている。

四十名にきちんとお酌してまわり、返杯を受けるうちに、さすがに酔ってきた。お酌をし終えてしばらくすると、野球ケンがはじまった。

最初は何名かついていたコンパニオンが相手を務めていたが、最後に、朱里にご指名がかかった。

さすがに、ためらいを感じた。ジャンケンに負けたら、服を脱がなければいけない。コンパニオンならまだしも、自分は添乗員なのだから、もしこんなことがツアーの親会社に報告されたら、マズいのではないだろうか？

「よっ、朱里ちゃん！　待ってました。トリを飾るのは、朱里ちゃんしかいないよ！」

などと囃《はや》し立てられ、

「ツアコンさん、頼みます。一役買ってくださいよ。やってくれたら、次回からも、添乗員にきみを指名するから」

幹事の優男・君塚《きみづか》に頭をさげられ、エサをちらつかされると、我が『スタッフ・プリティーズ』のためにも、ここはもう一肌脱ぐしかないと思った。

「わかりました。でも、わたしジャンケン強いですから。相手の方、裸に剝《む》いちゃいますよ」

「よし、じゃあ、俺が相手だ」

と、しゃしゃり出てきたのは、バスの車中で、朱里が人妻であることを知って、がっかりしていたあの若い男だ。名前は川島《かわしま》と言うらしい。

宴会場の前のほうに出て、

『野球するなら、こういう具合にしやしゃんせ……』

と踊りながら、朱里は自分が何枚着ているかを考える。ジャケット、ブラウス、タイトミニ、パンティストッキング、パンティとブラジャー──。

六枚だ。六回負けたら、素っ裸にされてしまう。

それに対して相手は……襦纏《じゅばん》に、帯、浴衣《ゆかた》、ブリーフだろう、おそらく。四枚。だったら、普通にジャンケンすれば、朱里が勝つのではないか？

ちょっと安心した。そして、

『アウト、セーフ……よよいのよい！』

で、朱里は反射的にパーを出した。こういうとき、だいたいの男はパーかグーを出すはずだった。しかし、川島が出したのは、チョキだった。

「おおっ、勝った！」

川島が大喜びして、チョキを高々と掲げる。

（しまった。この若者をナメすぎていた！）

「脱いで！　脱いで！」

と、囃し立てる拍手とともに大合唱が起こり、朱里はオーバーに天を仰いで、制服のジャケットを脱ぐ。まろびでてきた胸を見て、その大きさに驚いたのか、

「おおぅ……！」

と、賛嘆《さんたん》の声があがった。

ジャケットを脱いだだけでこの騒ぎだ。ブラジャー姿になったら、鼻血を噴いてしまうのではないかしら？

（ふん、でも、負けないわよ。相手はチョキできたか……でも、つづけてチョキは絶対に出せないから、次はパーかグーね。グーを出したら、パーに負けるから、ここはパーでいいわ）

とっさにそう判断しながら、

『投げたら、こう打って……』

とジェスチャーでバットを振る真似をし、「よよいのよい」で、朱里は自信満々にパーを出した。

「あっ……！」

まさかのことが起こった。川島がつづけてチョキを出したのだ。

「おおぅ……！」

さっきより大きな歓声があがり、川島がチョキを出したままの手をみんなに誇らしげに見せて、踊っている。

この瞬間、朱里の頭のなかは真っ白になった。

（こんなはずはない。この人、何を考えているの？　もしかして、心を読まれている？）

呆然《ぼうぜん》としていると、

「脱いで！　脱いで！」

と大合唱が起こる。

朱里はちょっと考えて、スカートのなかに手を入れる。パンティストッキングなら、まったく問題はない。

肌色のパンティストッキングを苦労しておろし、片足をあげ、足先から抜き取っていく。

「朱里ちゃん、ちょうだい！」

お膳の前に座っている若い男が手を差し伸べてきたので、そちらに向けて、脱いだばかりのパンティストッキングを投げてやった。

お膳の前に落ちたくちゃくちゃのパンティストッキングを、何人かが奪い合っている。

ちょっと恥ずかしいが、じかにアソコに触れられているわけではないから、気にしないことにした。むしろ、自分のパンティストッキングを奪い合う屈強な男たちを見て、心が弾んだ。

また、野球ケンがはじまった。

今度こそは絶対に勝ちたい。だが、もう、朱里の頭は真っ白で何も考えられない。ただ、もうパーだけは出すのをやめようと思う。

『打ったなら　こう受けて』

とジェスチャーをしながら、川島は馬鹿にしたようににたにたしている。頭に来た。

『アウト　セーフ　よよいのよい！』

次の瞬間、朱里は思い切りグーを握っていた。

そして、川島が出したのは、パーだった。

(信じられない！)

三連敗なんて、普通はあり得ない。

(そうか、乗せられたんだわ)

さっき川島は馬鹿にしたよう顔で朱里を見た。あれで、朱里が怒ることを読んだのだろう。そして、人はだいたい怒ると、拳《こぶし》を握るように決まっている。

（やられた……！）

同僚たちは、まるで鬼の首を取ったようにはしゃいで、

「脱いで！　脱いで！」

と、囃し立ててくる。

朱里は何を脱ぐべきか、迷った。

パンティを脱げば、まだスカートを穿《は》いているから、外からは見えない。しかし、脱いだパンティをもし誰かに渡すことにでもなったら、ちょっと困る。

さっきから随分と長い間穿いているし、きっと、汗や分泌液で汚れている。オシッコだって、少しくらいは出てしまっているかもしれない。

それは避けたい。だとしたら、ここは……。

朱里は胸には自信があるし、ブラジャーをしているから大丈夫だ。

朱里は白いブラウスのボタンに手をかけた。ひとつ、またひとつと外していくと、あれほど賑やかだった宴会場が徐々に静かになっていく。

衆人環視のもとでブラウスを脱ぐなど、ほとんどストリッパーになった気分だ。

しかし、熱い視線を送ってくる男たちの熱気が、なぜか心地よい。

外し終えて、思い切ってブラウスを肩から脱いだ。

白い刺しゅう付きブラジャーに包まれたFカップの胸があらわになって、それを目にした男たちから、

「おおぅぅ……！」

感嘆の声があがる。

上座には、農協の偉い人もいるみたいだが、みんな、うっとりと朱里のオッパイに見とれている。

レース刺しゅうの入った純白のブラジャーによって押しあげられた乳房が、真ん中に寄せられて、そのゴムまりみたいなふくらみがひしゃげている。

熱い視線を感じる。

手で胸を隠して、恥じらいを見せるべきかとも思ったが、ここでそれをしたら自分らしくない。ここは堂々としていたい。

「今度は絶対に負けないわよ！」

川島をにらみつける。

「おお、コワッ……オッパイはデカいけどね」

川島がわざと胸の谷間をじっと見る。

羞恥《しゅうち》に焼かれた。だが、きっとこれも川島の作戦だ。この男は想像以上にしたたかで、頭が切れるに違いないのだ。

「今度負けたら、どうするの？　脱ぐのは、ブラジャー？　それとも、スカート？　決めておいたほうがいいんじゃないかな？」

「そんな必要ないわ。わたし、絶対に勝つから」

「おお、コワっ……マジになるなよ。目がマジだぜ」

「はじめましょ！」

野球ケンを再開する。今度は確率的に言っても、まず負けないはずだ。

（しかし、川島はどう出るのだろうか？）

読もうとしても、もう確信がなくて、さっぱりわからない。こういうときは、今まで出していないチョキを出してみよう。

『ランナーになったら　エッサッサ』

セーフで両手を開き、そして、朱里はチョキを出した。

ほぼ同時に、川島の拳が握られた。グーだ。そして、チョキはグーに負ける。

（し、信じられない！）

朱里は卒倒しそうになった。

ジャンケンで四連敗するなど、まずあり得ない。よほど運がないとしか言いようがない。

「スゲェよ。川島、見直したよ！」

「朱里ちゃん、可哀相《かわいそう》！」

「いや、それとこれとは別だよ。脱いで！　脱いで！」

宴会場に集まっている四十名の男たちが、ここぞとばかりに囃し立ててくる。

（ええい、こうなったら……！）

あり得ない出来事に、朱里はこれはきっと運命なんだと思うようになった。神様が、自分に脱いで見せてあげなさい、と命じているのだと。

「そんなに見たいの？」

朱里は居直って、声をかける。

「見たいですぅ！」

「見せてちょうだい！」

若い男と中年男が、すぐさま応答する。

「どっちがいい？　ブラジャー？　それとも、スカート？」

ここまで来たら、観客の思いに応えたい。そう思ってしまう自分に驚いた。

男たちは何やらひそひそ話をしていたが、やがて、まとまったのか、幹事が代表して言った。

「ブ、ブラジャーがいいみたいです」

「じゃあ、朱里のオッパイが見たいのね。ナマ乳が見たいのね？」

朱里は昂然《こうぜん》として顔をあげて、みんなを見まわした。

うん、うんと男たちが一様にうなずく。

「しょうがないわね。アンケート用紙に、添乗員、大満足しましたって書いてよ」

全員がまたまたうなずく。

ここまで来たら、やるしかない。朱里は背中に手をまわして、ホックを外した。

それから、腕を抜き取っていき、焦らすようにカップだけ持って、周囲を見渡した。何人かがごくっと生唾《なまつば》を呑んでいる。

「はい！」

朱里はブラジャーを外して、後ろに投げた。

「おおぅ……すげぇ！」

「デカいぞ。しかも、きれいだ」

「乳首がピンクじゃないか」

聞こえてくるのは、称賛の声だけだ。朱里は気分が良くなった。

こうしたほうがより感激してくれるのではないかと、いったん両手をクロスさせて乳房を隠した。

それから、少しずつ焦らすように手をずらしていく。

朱里の乳房はお椀というより、どんぶり形だが、先が尖《とが》っていてとてもいやらしい形をしていると言われる。そのツンと威張ったような乳首を最後に見せると、

「おおぅ……！」

大拍手が起こった。

調子に乗って、朱里は腰に手を当てて、モデルのようにくるり、くるりとまわった。さらに、腰を後ろに突き出し、胸を前に差し出して、Ｆカップの乳房を下から持ちあげて、交互に揺らしてやった。

「おおぅ、揺れてる！」

「朱里ちゃん、オッパイ吸わせて！」

もう、野球ケンどころではなくなった。お客さんが拍手喝采を送ってくれる。

（ああん、みんながわたしのオッパイを見てるぅ）

朱里は昂奮してきた。

乳首がしこってきて、自分が見ても勃《た》っているのがわかる。

「スカートも！　スカートも！」

いっせいに囃し立てられて、その気になった。元々、見せたがりやである。こうなると、もう止まらない。みんなの期待に応えたくなる。

スカートに手をかけた。

サイドのジッパーを外し、腰を振りながらおろしていく。

すでにパンティストッキングは脱いでいる。スカートがさがり、純白のパンティが見えているはずだ。

それも、刺しゅう付きのハイレグパンティだ。

スカートをおろし、足元から抜き取ろうとしたとき、足がスカートに引っ掛かった。

「あっ」と思ったときは、オットトッとケンケンしていた。

そのまま、斜め間に二メートルほどケンケンしたとき、目を剝いたスキンヘッドの男のギョッとしたような顔がせまってきた。

「ぁああ、ゴメンなさい」

次の瞬間、つまずいて、その男にどっと倒れかかった。

(ああ、ダメだ。この人、農協のいちばん偉い人だ！)

さっき挨拶をしていた。農協の部長で、確か、鵜飼《うかい》と言っていた。

弾みで、剥き出しのオッパイを鵜飼の顔面にぎゅうと押しつけていた。いや、それだけならまだいい。むしろ、喜ばれる。

最悪なのは、その拍子に、ビールの瓶を倒してしまったことだ。泡とともにあふれでる黄色い液体が、鵜飼の着ていた浴衣を濡らし、

「お、おい……！」

鵜飼があわてて後退しようとした。

「ああ、すみません」

朱里は体勢を立て直そうとしてもがいた。だが、それがいけなかった。

膝で何かをぎゅうと押しつぶすような感触があった。

ハッとして見ると、右膝が鵜飼のはだけた浴衣からのぞくブリーフの股間を、いやというほど踏みつけていた。

「うぐぁっ……！」

鵜飼が奇妙な声を洩らし、それから、股間を手で押さえて、畳の上をのたうちまわりはじめた。

最初は失笑を洩らしていた者たちも、さすがに、部長の痛がりようを見て、尋常ではないと悟ったのか、歩み寄り、

「部長、大丈夫ですか？」

心配そうに鵜飼に声をかけた。それから、

「きみ、何をしてくれたんだ！」

朱里に怒りの顔を見せる。

「す、すみません」

朱里は必死に謝ったが、鵜飼の周囲に輪ができて、その中心で部長が顔面蒼白になって、苦しんでいる。

（お、終わった……！）

朱里はへなへなっとその場に崩れ落ちた。

2

宴会はお開きになり、朱里はしばらく添乗員に割り当てられた部屋で、謹慎していた。

やがて、幹事役の君塚に、「部長が怒っているから、部屋に行って、謝ったほうがいい」と言われて、朱里は承諾した。

(許してもらわないと、もうKトラベルはうちの会社を使ってくれなくなる)

朱里はこれまでにも、たくさんのドジをして、『スタッフ・プリティーズ』の評判を落としていた。このままでは、いけない。

朱里は覚悟を決めて、鵜飼部長の部屋に向かう。自分だけ着替えるのは、余裕を見せるようでダメだと思い、まだバスガイドの制服をつけたままだ。

もちろん、下着は替えている。

「失礼いたします」

朱里が和室に入っていくと、鵜飼が布団に仰向けに寝ていた。掛け布団は剝がれて、浴衣の股間には、冷やすためだろうか、タオルでくるまれた保冷材のようなものが載っている。

「ふん、きみか」

鵜飼が冷たい視線を向けてくる。

頭はきれいに剃っていて、目は細く、鋭い。黙っていたら、ヤクザとして通用しそうな人だけに、朱里は震えあがる。

朱里は布団の前の畳に正座して、

「さきほどはすみませんでした」

額を畳に擦《こす》りつけた。

「……ったく。胸はポロリするし、挙げ句に俺の大切なところを思い切り、ニードロップしやがって……。つぶれたかと思ったぞ」

「すみません。すべてわたしのせいです。申し訳ありませんでした。心から謝罪いたします」

朱里はもう一度、額を強く畳に擦りつけた。

今度はまったく反応がない。どうしたのかしら？

わずかに顔をあげたとき、鵜飼が目を細めて、こちらを見ていることに気づいた。よく見ると、その視線が朱里の膝の間へと注ぎ込まれている。

（えっ、この人……？）

朱里は膝上二十センチのタイトミニを穿いて、膝を少し開いていた。

自分でもむちむちだと感じる太腿《ふともも》の奥のほうを、鵜飼は覗き込んでいるのだ。

（どうしよう？）

普通なら、膝をぎゅっと締めるところだ。

しかし、今、自分は窮地におちいっている。ここは、鵜飼の性欲に寄り添うべきだ。たとえ、『女の武器』を使っていると思われてもいい。どうにかして、この部長のご機嫌を直さないと、朱里も『スタッフ・プリティーズ』も終わりだ。

朱里は適度に頭をさげたまま、膝をじりじりと開いていく。

さっきは拳ひとつほどの距離だったが、今はもう二十センチほどもひろがっている。

（もしかして、パンティまで見えてしまっているんじゃないかしら？）

何だか、ぞくぞくしてきた。いや、むしろ、下腹部がきゅんと熱くなる感じだ。

（あらっ、まだ見てる。すごい勢いで、わたしの股間を覗いていているわ。目をギラギラさせて、完全に欲情してる）

朱里は頭を適度にさげたまま、思い切って膝を全開させた。

全開と言っても、タイトミニを穿いているから、スカートがジャマになって、せいぜい六十度くらいだが、鵜飼にはこちらの意志が充分に伝わっているに違いない。

「き、きみ……」

鵜飼の声がする。

「こっちへ来なさい」

「えっ……？」

と、朱里は顔をあげる。

「いいから、こちらへ来なさい」

同じことを繰り返す鵜飼の言葉が上擦《うわず》っている。

朱里が近づいていくと、鵜飼が言った。

「すまないが、アソコの様子を見てくれないか？」

「えっ……？」

「さっきまで腫《は》れあがっていたんだが、もう充分に冷やしたから、腫れがおさまっているんじゃないかと思ってね」

「わ、わかりました」

鵜飼の魂胆は明らかだったが、ここはとにかく従うしかない。

朱里は、浴衣の股間に載っていたタオルを巻いた保冷材をそっと外してみた。

「あっ……！」

思わず声をあげて、口を手でふさいでいた。

浴衣がはだけて、白いブリーフが見えているのだが、その股間の部分が異様にふくらんでいるのだ。

「どうだね？」

「ま、まだ、腫れてるみたいです」

「ちょっと、パンツをおろして、見てくれないかね？」

「パンツを……おろすんですか？」

「ああ、誤解しないでくれよ。これは、セクハラじゃないからな。きみが押しつぶしたアソコの具合を見てほしいだけだから。そこは、わかってくれるな？」

「はい……セクハラだなんて、これっぽっちも思ってません」

「そうか。よしよし……頼むよ」

朱里は白いブリーフの両端をつかんで、静かにおろしていく。真ん中のふくらみに引っ掛かってしまうから、ブリーフを持ちあげながら、引きおろした。

「えっ……！」

目がまん丸になるのがわかる。

黒々とした恥毛から、野太い肉の柱がそそりたっていた。

（太い……！）

胴回りは夫のそれのゆうに一、五倍はあるのではなかろうか？　しかし残念なことに、短い。寸胴形《ずんどうがた》の肉柱が精一杯頭を擡《もた》げている。

「どうだね？」

鵜飼が訊いてくる。

「ふ、太いです。ウッソー……。こんな太いおチンチン、初めてですぅ」

長さのことには触れずに、褒める。

「もしかして、腫れているのかもしれんな……実際に触って、確かめてくれないか？」

「ええ？　触るんですかぁ？」

「ああ。触診しないと、腫れてるかどうかわからんだろう？」

触診しても、それが勃起のせいか、腫れのせいか、はっきりとしないのではないかしら？　だが、ここはとにかく言いなりになるしかない。

「わかりました……」

意識的に語尾を伸ばして、ブリッコを演じながら、布団の外からおずおずと手を伸ばした。

保冷材のせいで、とても冷たい。こんな冷たいおチンチンははじめてだ。表面は柔らかい。しかし、ぎゅっと握るととても硬い。芯のほうがいきりたっている。

（これはやはり……腫れなんかじゃないわ）

そう感じたとき、いきなり、鵜飼に後頭部をつかまれた。

（ええっ……？）

目だけ必死に向けたとき、半身を立てた鵜飼が言った。

「手で触ってるだけじゃ、わからんだろう。わ、悪いが、口で、その、確かめてもらえないだろうか？」

スキンヘッドだからまるでヤクザだが、その表情には、こんなことをさせて大丈夫なんだろうかという戸惑いも感じられる。根っからの悪い人ではないのだと感じた。

それに、朱里が失策を挽回する絶好のチャンスだった。この機会を逃したら、自分だけでなく会社にも迷惑をかけてしまう。

「あの……やれば……さっきのこと、許していただけますか？」

ここぞとばかりに、交換条件を出す。

「……ああ、許してやってもいい。それに、きみの対応次第で、うちの主催するツアーにはこれからもきみを添乗員に指名してやってもいい」

「ほんとうですか？」

「俺にはそのくらいの力はある。それに、きみも悪気があってやったわけではないだろうしな」

「うれしいですぅ……ありがとうございます」

よほど気が急《せ》いているのだろう、鵜飼が手に力を入れて、朱里の顔を股間に引き寄せた。

朱里は近づいてきた寸胴形の肉棹を、唇を開いて、静かに頬張る。

（うぐっ……苦しい）

口をいっぱいに開かないと、咥《くわ》えられなかった。こんな太いおチンチンをフェラチオするのは初めてだ。

しかし、かるく唇をすべらせてみると、短いからすぐにちゅぽんっと抜けてしまう。もっと長くしようと、指で握って、しごいてみた。

するると、それはぐんぐん伸びてきて、朱里の小さな手で握っていても、どうにか先端が余って、そこを頬張れそうだった。

朱里は斜め横から屹立《きつりつ》を咥え、短いストロークで亀頭部を攻めた。

やはり、太い。口がいつも以上に疲れる。顎の関節が悲鳴をあげている。

(ああ、ダメよ……これは、うちの会社のためなんだから)

めげそうになる気持ちを奮い立たせ、指のリズムに合わせて、唇をすべらせる。出っ張ったカリとその凹んだ裏が、唇の裏を刺激してきて、朱里も感じる。

「おぉぅ、くっ……口でやってみて、どうだった？　腫れてると思うか？」

鵜飼が訊いてくる。

どう対応しようか迷った末に、朱里はいったん吐き出して、

「よくわかりませんが、でも、こんな太いおチンチンってフツーはないと思うから、きっと腫れてるんだと思います」

鵜飼の喜びそうなことを言う。

「ははっ……いやこれは、腫れてるんじゃないぞ。健康体だ」

鵜飼が自慢げに鼻をひくつかせる。

「えええっ？　これで腫れてないんですかぁ？　こんなに太いおチンチン、初め

てですぅ」

「うわはは っ……朱里ちゃんは結婚しているようだが、亭主のあれはどうなんだ？　こんなに太くはないか？」

「はい……この半分くらいしかありません」

「そうか、そうか……それでは、満足できんわな。よしよし、もっとしゃぶっていいぞ」

完全に風向きが変わっていた。さっきまで怒っていたのに、今は自分のイチモツを褒められて、にやにやしている。

男の人って、意外とシンプルなのかもしれないと思う。

朱里は手を離して、太棹にしゃぶりつき、一気に奥まで頬張った。

「ううん……！」

かなり存在感がある。悔しいが、夫より立派だ。

唇をいっぱいに開き、ゆったりと顔を打ち振った。

と、お尻に何かが触れた。ちらっと見ると、鵜飼の手だった。

自分に向かって突きだされたお尻を、鵜飼は慈《いつく》しむように撫でまわす。その顔がにやけている。朱里はお尻をぷりぷり振ってやった。

「ふふっ、いやらしいケツだな。そんなに触ってほしいか……よしよし」
鵜飼がスカートをたくしあげたので、お尻が剝き出しになってしまった。
下着は白からピンクに替えていた。もう、パンティストッキングは脱いでいる。
あらわになったお尻を、ゴツい手がパンティ越しに撫でまわしてくる。
朱里はその触り方で、男のセックスの上手い下手がだいたいわかると思ってい
る。鵜飼は緩急をつけているし、そのすべらせ方にいやらしさがこもっているか
ら、本質的にとてもスケベなのだろう。
その手がパンティのクロッチをきゅっーと引っ張りあげて、左右に揺らしはじ
めた。
（ああん、それ……やらしすぎる。ぁああ、やめて……）
パンティのクロッチが細い紐のようになって、割れ目に食い入っている。その
状態で左右に振られるので、食い込んだ部分が狭間《はざま》を刺激してきて、疼《うず》くような
快感がひろがった。
「うん、うんっ、うんっ……」
朱里はその快感をぶつけるように、太棹に唇をすべらせる。
しかし、鵜飼がクロッチをつかんで、ぐいぐい引っ張るのでとても咥えていら

れなくなった。

「ん、ぁあああ……ダメですぅ。そんなことされたら、おしゃぶりできません」

肉棹を吐き出して言う。

「ふふっ、じゃあ、こっちに尻を……シックスナインはわかるな？」

「ええ！　恥ずかしいです。やるんですか？」

「ああ……」

「わかりました」

言われるままにパンティを脱いでから、おずおずと鵜飼の顔面をまたぐ。

すると、いきなり鵜飼が指を恥ずかしい割れ目に添えて、言った。

「ぷっくりして、なかなかかわいいじゃないか。ふふっ、下の毛は濃いな……おいおい、どんどんオツユがあふれてくるじゃないか。そうか、そうか、そんなに舐めてほしいか？」

次の瞬間、ぬるっとそこを柔らかな舌が這って、

「はんっ……！」

朱里は肉棹を強く握りしめてしまった。

「うおおぉ……ぬるぬるだな。ひさしぶりだ、ひさしぶり……ううん、美味しい

ぞ。きみのここは、生牡蠣《なまがき》みたいな風味がある……うおお、たまらんよ」

ジュルル、ジュルルル――。

鵜飼は舐めるばかりか、吸いあげてくる。愛蜜だけでなく、びらびらまでも口のなかに吸引されて、

「ぁああん……！」

身体を走る快感に、朱里は背中を反らせた。

夫のセックスに不満はない。しかし、きっとこの尋常でない状態で愛撫されているからだろう、すごく感じてしまう。

手にしたものが、びくん、びくんと躍りあがるのを感じて、ああ、忘れていたとばかりに、そこに唇をかぶせる。

「うん、うん、うんっ……」

湧きあがってくる快感をぶつけるように、激しく太い棹を唇でしごいた。

「おおぅ……気持ちいいぞ。おおぅ、たまらん……こっちも……ジュルルッ」

ふたたび、あそこを吸いあげられて、その奇妙な感覚に肉棹を吐き出して、

「ぁあああ……それ、気持ちいいですぅ」

「ふふっ、きみは敏感だな。そうら、これでどうだ？」

太くて柔らかな舌が、膣口にぬるりとすべり込んできた。しかも、かなり奥まで。その舌が粘膜を舐めながら、出たり入ったりする。

「ぁああ、部長さんの舌、器用すぎる……あっ、あっ……ぁあああん、いやぁあああん」

味わったことのない感触に、身体が痺《しび》れてきた。痺れながら、奥のほうがどくどくっと脈打っている。

「ぁあああ、欲しいですぅ。これが、本物が欲しいですぅ」

手にしたイチモツを握りしごく。

「ふふっ、堪《こら》え性《しょう》のない身体だな。いいぞ。ただし、きみが上になれ」

3

鵜飼に請われて、朱里はいったん裸になってブラジャーを外し、その上に白いブラウスだけを着た。紺色のタイトミニとブラウスをつけた格好だ。

しかも、ノーブラなので、白いブラウスははち切れんばかりに持ちあがり、二つの頂の突起と色が透けだしてしまっている。

「いいねえ。ついでに、胸ボタンを上から二つ外してくれないか？」

注文の多い部長だなと思いつつも、言われたようにボタンを上から二つ外した。と、真ん中でせめぎあった胸のふくらみがいい具合にのぞいてしまった。

ゴクッ、と鵜飼が生唾を呑み込んだのには驚いた。

（そう言えば、この人、わたしが野球ケンでオッパイぽろりしたとき、すごく昂奮してたな）

俗に言う『オッパイ星人』なのかもしれない。でも、だいたいこのくらいの年齢の男はほとんどがオッパイ星人のような気がする。きっと、男性は歳を取るにつれてまた、赤ちゃんのときに吸っていた乳房が恋しくなるのだろう。

鵜飼は股間の肉棹をしごきながら、ギラついた目を胸のふくらみに向けつづけている。

朱里は鵜飼の股間をまたぎ、しゃがみながら、いきりたっているものを太腿の奥に導いた。

腰を振ると、下半身のスキンヘッドがぬるっ、ぬるっと濡れ溝をすべって、ひどく気持ちがいい。

ゆっくりと腰を沈めていく。寸胴形のそれが小さめの入口を割ってきた。

腰を落としきると、太い肉の柱が体内に押し入ってきて、

「くっ……ぁあああぁぁぁ」

思わず声が洩れてしまう。

(ああ、確かに太いわ……)

夫に特大バイブを使われたことがあるが、そのときの圧迫感に似ている。それだけ、鵜飼の持ち物がデカいということだ。

太いクサビを打ち込まれたらきっとこうなるだろう。

動けなかった。膝を立てて、のけぞったまま静止していると、

「くうぅ、たまらんな、きみのオマンマンは。窮屈だけど、ざわざわしてるぞ。ミミズか何か飼っているのか？」

「ぁあん、ミミズなんて飼ってません」

「そうか？　じゃあ、このくねくねとチンチンにからみついてくるものは、何だろうな？」

「……し、知りません。動きますよ」

朱里は両手を後ろに突いて、のけぞるように腰をつかう。

足を大きくM字に開いているので、鵜飼には勃起が女の体内をうがっていく様

子がよく見えるはずだ。朱里がよくこの体位を使うのも、殿方に自信を持ってもらいたいためだ。自分の勃起が女のオマタを犯しているところをその目で見て、実感してほしいからだ。

後ろに引いた腰をしゃくるように前にせりあげる。太棹がぐりっと膣壁の感じるポイントを擦ってきて、

「ぁああ、いい！」

むずむずした快感が込みあげてくる。

「ぁああ、ああ……いい。部長さんのがいいところに当たってるぅ……やあん、太いから、摩擦感が強い……ぁああ、あああああうぅ」

知らずしらずの間に、大きく激しく腰を前後に打ち振っていた。ひと擦りするたびに、どんどん気持ち良くなってくる。

「ああん、気持ちいい……部長さんのデカチンが気持ちいいんですぅ。ぁあああ、ぁああ！」

ぐいっ、ぐいっと腰を振ったとき、ちゅぽんっと結合が外れてしまった。強く振りすぎたのだ。

「ぁああん……逃げちゃ、いや」

蜜まみれの肉柱をつかみ寄せ、ふたたび挿入する。腰を振ろうとしたとき、鵜飼が言った。

「すまんが、こっちにオッパイをくれないか？」

「こ、こうですか？」

朱里は結合したまま前傾して、両手を布団に突く。

「これだ、これだ」

鵜飼は喜色満面で両手を伸ばし、ブラウスの上から乳房を揉《も》み込んでくる。じかに揉めばいいのに、スカートも脱がそうとしないから、きっと着衣派なのだろう。

朱里はオッパイだけは自信がある。夫も、このオッパイに惚れた、と言ってくれている。マシュマロみたいに柔らかくて、すごく揉みがいがあると褒めてくれる。

鵜飼が顔をあげて、胸のふくらみにしゃぶりついてきた。乳首を中心にぺろぺろと舐めてくる。

「あっ……うあっ……あっ……」

敏感な乳首を間接的に舐められると、思ってもいなかった快感が走り抜けた。

ぞわぞわする。そして、乳首から派生した快感が下半身にも流れていき、知らずしらずのうちに腰を振っていた。

舐め終えた鵜飼が、「ふふっ、貪欲な腰だな」と下から見あげ、それから、乳首を攻めてきた。

唾液が沁み込んで、ピンクの色が透けだしている突起を、指先でつまみ、くりっ、くりっとねじる。

「あ、くっ……それ、弱いの……あっ、くっ……ぁああん」

「そうか、そうか……乳首が感じるんだな」

破顔して、鵜飼がブラウスのボタンを外したので、乳房がすっかりあらわになった。

さっきは全員の前でさらけだしたが、居直っていたせいか、羞恥心を抱く暇などなかった。だが、今回は特定の相手で、しかも、セックスの場だ。

そのせいか、恥ずかしい。

「すごいオッパイだ。この大きさ……。ツンと威張ったような乳首の突きだし方も、乳首のピンクと乳輪の広さも、理想的なオッパイだ。きみのダンナは幸せ者だな。このオッパイを独り占めできて」

うっとりとして言い、鶏飼がしゃぶりついてきた。

胸の下に潜り込むようにして、乳首をいったん頬張り、チュッーと吸って吐き出し、唾液に濡れた乳首をレロレロッと舌であやしてくる。

「ああ、それ、ダメです……くっ、くっ……ああぅ」

乳房を預け、腰をくいっ、くいっと前後に揺する。肉棹が膣の奥のほうを刺激してきて、甘い陶酔感がひろがった。

「いやらしい添乗員さんだ。乳首を舐めると、腰が動く。そうら、これではどうだ？」

鶏飼は乳首を吸いながら、腰を撥《は》ねあげてきた。

とても五十代とは思えない力強さで突かれ、同時に乳首を吸われる。

「ああん……いいよ、いい……部長さんのが突き刺さってくる。ああん、お臍《へそ》に届いてるぅ……あんっ、あんっ、あんっ……」

朱里はしがみつきながら、顔をのけぞらせ、尻をもっととばかりに後ろに突きだした。

そこに、すごい勢いで腰が当たり、パチッ、パチッ、グチュンという恥ずかしい音とともに、快感が一気に高まった。

「ぁあああ、部長さん……朱里、イッちゃう。もう、イッちゃう！」

「いいぞ。イキなさい。俺はいいから、まずはきみがイキなさい」

そう言って、鵜飼はますます強く突きあげてくる。蕩《とろ》けた膣を斜め上方に擦りあげられて、もう何が何だかわからなくなった。

「ぁあああ、あああ……イク、イク、イちゃう……ぁああ、イクぅ……はうっ！」

朱里はのけぞった。

ジェットコースターで上昇するときに似た浮遊感のなかで、イキつづけた。


ぐったりしていると、鵜飼が朱里の着ているものをすべて脱がし、全裸になった朱里を仰向けに寝かせた。

「ふふっ、触ってみなさい」

手を導かれて、肉柱を握った。すると、蜜でぬめるそれはまだまだ元気で、いきりたっているという表現がぴったりくるほどにギンギンになっていた。

「う、鵜飼さん、失礼ですけど、おいくつですか？」

「六十三だよ」

「ウッソー！　還暦を超えてるなんて、全然見えません」

「そうかな……」

鵜飼は照れたのか、スキンヘッドをつるりと撫でた。頭髪の薄い男性はそれだけ男性ホルモンが強いから、セックスは強いのだと言うが、事実かもしれない。つるっとしたスキンヘッドが、随所に血管が浮きでているせいか、亀頭そのものに見えてきた。

「きみはかわいいな。今度からも、ツアーの添乗員はきみに頼むからな」

鵜飼がこっちが気にしていることを言ってくれたので、朱里はうれしくなって、頼まれもしないのに、ついつい足をぱかっと開いて、膝をつかんで持ちあげていた。

鵜飼が再突入してきた。やはり、大きい。お腹に圧迫感がある。

「おおぅ、若いオマ×コはいい。おまけにきみのは、まったりとしているし、締めつけも強い。たまらんよ」

部長は頭をますます紅潮させて、力強く打ち込んでくる。

朱里が開いている膝を上からつかんで、開いたり閉じたりして加減を調節して、ズンッ、ズンッと打ちおろしてくる。

朱里は一回イクと、またすぐにイッて、より大きなオルガスムスを得られる。ようするに、一回イキはじめると、歯止めが利かなくなる。

今、まさにその現象が起ころうとしていた。

それに、若い女性には珍しく、奥のほう、すなわちポルチオがとても感じた。自分で腰を持ちあげているこの体位だと、ペニスの先が奥まで届く。しかも、デカチンだから圧迫感も大きい。じつは、ポルチオは突かれるよりも、子宮の入口をぐりぐりとこねられることで、いっそう快楽が高まるのだ。

鵜飼はまるでそのシステムを知っているかのように、奥まで届かせておいて、そこで、腰を振り、ポルチオをこねてくる。

「ぁあああ……部長さん、わたし、また、イッちゃう。いいですか？　自分だけイッていいですか？」

「かまわんよ。俺は遅漏気味だから、簡単には出ないんだ。何度でも気を遣ってくれ。そうら、ここがいいか？」

鵜飼はぐいっと押し込んで、そこで腰をまわすようにして、切っ先で子宮口を強く擦りながら、押してくる。

（ああ、ヤバい！　これ、いちばん弱いやり方！）

朱里は膝から離した両手で、シーツを鷲づかみにした。

ポルチオをこねられるむずむず感が、今や切羽詰まり、もうどうにでもしてという自棄《やけ》っぱちな感覚に昇華していた。

「ぁああ、あああ……ダメっ……また、また、イクぅ」

朱里は背中を反らし、下腹部を微妙に揺らして、打ち込まれるものをぐいぐいと締めつける。

「おおぅ、なかが……なかが、動くぞ……地殻変動が起こってるのか？　おおぅ、くっ……イカん。出そうだ。いいか？　中出ししていいのか？」

「ああ、今日は大丈夫です。ぁああ、あああ……ぐっ、ぐっ……」

朱里は腰をつかって、膣で肉棹を締めつけていた。相手をイカせるための必殺技である。

「おおぅ……うぐっ……おおぅ、そうら、イケ。うおおおっ！」

鵜飼が吼《ほ》えながら、つづけざまに打ち据えてくる。

「あん、あんっ、あんっ……ぁあああ、イキます……やぁあああああ、くっ！」

朱里は子宮が裏返るような凄絶《せいぜつ》なエクスタシーを感じて、身体を反らしながら、ぎゅっ、ぎゅっと肉棹を締めつけていた。

「うわっ……参った……おっ、あっ……」

鵜飼が震えながら、なおも肉棹を奥まで押しつけてくる。

射精しているのが、肉棹のバズーカ砲みたいな動きでわかる。温かい。子宮が温かい。

（ああ、気持ち良すぎる……！）

朱里は天国にでも舞いあがったような至福に酔いしれる。だが、身体のほうは貪欲なメスと化し、送り込まれる精液をしっかりと受け止め、最後まで搾《しぼ》り取りたくて勝手にうごめく。

ぜいぜいと息を切らしていた鵜飼が力尽きたように、ばったりと前に倒れてきた。

4

翌日、中伊豆《なかいず》を走るバスの車中で、朱里はバスガイドの制服姿で、

「ここは、川端康成《かわばたやすなり》の『伊豆《いず》の踊《おど》り子《こ》』で有名な……」

と、ガイドをしていた。

だが、乗客たちのほとんどはガイドなどろくに聞いていない様子で、ぎらぎらした目を、朱里の胸元に注いでいる。

(ああん、見られてるぅ！)

ガイドをする声が上擦ってしまう。

朱里はノーブラで白いブラウスを着ていて、ジャケットは脱いでいる。パンティもつけてはいない。

好きでやっているわけではない。鵜飼部長に、『今日はみんなのために、ノーブラ、ノーパンで、上着はつけないで乗務しなさい』と言われていた。

昨夜は鵜飼に抱かれて、情が移っている。朱里はたとえそこにどんな事情があろうとも、抱かれた男の言うことは聞く。自然にそうなってしまうのだ。

それに、この先も鵜飼の言うことを聞いていれば、次回のツアーも確実に、自分に添乗をまわしてもらえるのだ。

片手にマイクを持って、『右手に見えますのは……』とやりながら、ツアー客の熱い視線を胸元に感じる。それはそうだ。白いブラウスから、ノーブラのふくらみの丸みはおろか、左右のぽちっとした突起までもが透けて見えてしまっている。

それに、敏感な乳首がじかにブラウスの生地に触れているので、乳首が勃ってしまっている。ブラジャーは何も形をととのえたり、乳首がわからないようにするためではなく、敏感な乳首が生地に擦れてエレクトしないように、ガードするためのものでもあるのだ。

朱里は乗客の目を盗んで、くいっと腰をよじる。さっきから、乳首から派生したむず痒《がゆ》さが下半身にもおりてきて、あそこがジンと熱くなっていた。

たぶん、ノーパンであるということも関係あるだろう。太腿までのストッキングを穿いているが、他は一切の下着をつけていないので、太腿から下腹部、お尻にかけてがスーッ、スーッ、スーッする。

そうこうしているうちに、バスは『浄蓮《じょうれん》の滝《たき》』の前で止まった。

ここは、大ヒットした『天城越《あまぎご》え』で有名になった、美しい滝である。決して大きいわけではないが、凛《りん》とした清涼な空気感があって、朱里の好きな場所のひとつだった。

ちなみに、ここの滝壺には、女郎蜘蛛が棲《す》みついているという伝説があり、あの『天城越え』に登場する執念深い女性は、おそらく、女郎蜘蛛伝説から発想したのではないか、と朱里は考えている。

『浄蓮の滝』は人気がある。ここで、一時間半の昼食休憩を取る。

朱里は集合時間をきっちり伝え、バスを降りた。

前に立ち、旗を持ってみんなを誘導し、あらかじめ昼食用に予約しておいたレトランに案内をする。そして、無事に昼食がはじまったのを確認して、バスに戻る。

広い駐車場に停まったバスの車中で、用意しておいた弁当を食べる。

バスの運転手はどこかの店で外食をしているようだ。

お客さんもバス運転手も、しばらくは帰ってこないだろう。

朱里はいつも食べるのが速い。この仕事をつづけていると、ゆっくりと食事を摂れないことが多く、食欲旺盛の朱里にはそれがつらい。

ものの十分も経たないうちに、朝、コンビニで購入した弁当を食べ終わってしまった。

(どうしよう？　滝にでも行ってみようかしら？　でも、ちょっと眠い)

昨夜は遅くまで鵜飼部長の部屋にいたせいで、あまり寝ていない上に、満腹になって、睡魔が襲ってきた。

朱里は三十分後にスマホの目覚ましをセットし、シートに横になった。

どのくらいの時間が経過したのだろう、バスのドアをノックする音で、目が覚めた。

乗車口まで行くと、二人の男が「開けて」と訴えている。

がっちりとした筋肉質の男が川島で、昨夜、野球ケンで朱里を完膚無きまでに打ち負かした男だ。もうひとりの小柄でひ弱そうな男は君塚で、このツアーの幹事役を任されている。

朱里がドアを開けると、二人が乗り込んできた。

「早いですねぇ、今何時ですか？」

朱里が訊くと、川島が腕時計を見て、答えた。

「まだ、集合時間には五十分はあるよ」

「早ーい！　もう、ご飯食べ終わったんですか？」

「ああ、今なら朱里ちゃんが、バスでひとりだろうと思ってね」

川島が赤銅色の精悍な顔をにやっとさせた。

「えっ……？」

「今なら、デートできるだろ」

「いやだあ、川島さんったら。昨日は一回もジャンケンで負けてくれなかったくせにぃ」

「しょうがねえよ。朱里ちゃんはシンプルだから、心が読めるんだよ」

「ああん、よく言われます」

「立ってても何だから、シートに座りますか？」

初めて君塚が口を開いた。朱里がシートに座ると、その隣に川島が腰をおろした。バスのシートは狭く、席の間に肘掛けがないタイプなので、川島と身体が接してしまう。

前の席に座った君塚が、後ろを向いて、訊いてきた。

「昨夜、鵜飼さんの部屋に行って、なかなか出てこなかったね。何してたの？」

「何って……鵜飼さん、あそこが痛むっていうから、介抱してたんです」

「ふうん、だけど、隣の部屋にいた岡村《おかむら》さんによると、朱里ちゃんの、あんあん喘《あえ》ぐ声が、夜中までしてたらしいんだけど……」

君塚が不審そうな顔で、朱里の表情を読み取ろうとする。

（ああ、しまった……隣も一行の部屋だった。それに、途中から訳わかんなくなって、いっぱい声を出していたような気がする。そうか、あれを聞かれたのか）

だが、それを事実と認めては、鵜飼部長に迷惑がかかる。

「……そ、それは、きっと何かの誤解です。わたし、そんなことしていません」

朱里は強く否定する。

と、君塚と川島が顔を見合わせた。川島が言った。

「岡村さんから報告を受けて、俺たちもあの部屋に行ったんだよ、何人かでね。そうしたら、よく聞こえたよ。朱里ちゃんの喘ぎ声が。すごかったな。朱里ちゃん、もともと声が通るほうだけど、あの声、すごいよ。もしかして、あのへんの客室の人、みんな聞こえたんじゃない？」

川島がにやにやして、朱里を見た。

恥ずかしくて、居たたまれない。夫からも、お前は声がデカすぎる、とよく言われる。

「へえ、真っ赤になってるじゃないか。きみも羞恥心あるんだな。野球ケンじゃあ、平気でオッパイポロリしたのにさ……ほら、今だって、乳首がおっ勃ってるし。なあ、何でノーブラなのさ？　それって、誘ってるんだろ？　鵜飼さんのデカチンにやられて、火が点《つ》いちゃったんじゃないの？　そうだろ？」

「ああん、違います」

「じゃあ、どうしてノーブラなんだよ？」

「それは……」

鵜飼部長にそうしろと言われたから……。しかし、それを明らかにしてしまえば、今度は鵜飼部長のほうが陰口を叩かれるだろう。それは、できない。

「俺の気持ち、わかってるだろ？　きみがタイプなんだよ。なっ、させてくれよ」

「もう……ダメです」

「いいじゃんかよ……言うこと聞いてくれないと、ツアコンが部長とセックスしてたって、ひろめちゃうよ。朱里ちゃん、全然いやがっているようには聞こえなかったし。マズいんじゃないの？」

確かに、大いに困る。

「なっ、いいだろ？　他のやつらが帰ってくるまでにやらないと、もしやってるところ見つかったら、大変なことになるよ」

川島にがばっと胸をつかまれ、朱里は反射的に振り払おうとした。だが、つかまれたところから、芳烈《ほうれつ》な電流がほとばしって、動けない。

「感じやすいオッパイだね。もう、感じてるんだろ？　わかるんだよ。ここなんか、どうかな？」

ブラウスの上から乳首をつつまれ、きゅっとねじられ、

「ぁあん……！」

恥ずかしい喘ぎが喉を衝いてあふれる。

「そうら、もう、カチンカチンだよ。朱里ちゃん、さっきもガイドしながら、乳首をおっ勃たてててたものな。やられたくて疼いてたんだろ、ここが」

川島がもう一方の手をスカートの奥へと入れながら、身体を寄せてきた。

「あんっ……！」

朱里はシートに倒れ、反射的に太腿をよじりあわせた。パンティを穿いていないのだ。それがわかったら……。

「えっ……？」

川島はスカートを引っ張りあげて、なかを覗き込み、

「ノーパンかよ」

下卑《げび》た笑いを浮かべて、君塚に向かって言った。

「おい、幹事さん。こいつ、パンティも穿いてないぞ」

「ええ、そうなの？」

「ああ……それに、もう濡らしてる」

川島の言葉が、朱里を心底打ちのめす。

「なあ、ここまで来たら、合意のもとでやろうよ。俺たちも、無理やりするのはいやだからさあ」

そう語りかけながら、川島の指は朱里の花園をとらえて、ゆるゆると動かしている。痒いところを掻かれているような快感がうねりあがってきて、朱里は身を預けたくなる。だが、どうせするなら……。

「……じゃあ、アンケート用紙の添乗員のところ、大満足のところに○をくれますす？　川島さんだけじゃなくて、みなさんもそうするように言ってもらえるなら」

「俺はいいけど、そこは、幹事だよな。君塚、どうだ？」

「大丈夫。みんなにそう頼んでおくよ。ただし、胸をもう少しはだけて、みんなも愉しませてほしいんだよ。できる？」

君塚が要求してくる。そのくらいなら……。

「しょうがないなぁ」

「よし、決まりだ。君塚、お前も参加しろよ」

川島がブラウスの胸ボタンを外して、乳房に吸いついてきた。君塚がスカートの奥に顔を埋めてきた。

「ぁあん……！」

敏感な乳首を舐め転がされ、恥ずかしい秘唇をクンニされて、朱里はどうしていいのかわからなくなった。

二人の男を相手にするなど、初めての体験だ。しかも、ここはバスのなかだ。いつかは、バスのなかでしてみたい、と密かに願ってはいた。しかし、まさかいきなり二人がかかりだなんて……。

最初は、ツアー客が早く帰ってきて、見つかったら、という気持ちがあって、集中できなかった。

しかし、乳首を指と口でとても巧妙に愛撫され、下の恥ずかしい口を情熱的にクンニされるうちに、だんだん理性が薄れていって、もうどうなってもいいという気持ちになった。

川島が言うように、昨夜の鵜飼部長とのセックスで、身体に火が点いてしまったのかもしれない。

気づいたときは、下腹部をもっととせがむようにせりあげ、川島の顔を抱き寄せて、乳房を押しつけていた。

「いや、いや……。いやだって……ぁあああん、そこ……！」

口とは裏腹にもっと強くとばかりに、恥丘を擦りつけていた。

「すげえ、濡れようじゃん。俺のも舐めてくれよ」

川島がズボンをおろして、シートの窓際に腰をおろしたので、朱里はシートに這って、そそりたつ肉柱をおしゃぶりする。

川島のそれは細いが、長くて反りかえっている。

「んっ、んっ、んっ……」

シートに四つん這いになって、朱里は強く顔を打ち振った。もう、それが欲しくてたまらなくなっていた。

川島が後頭部をつかんで引き寄せたので、イラマチオする形になって、長い肉刀が喉を突いてきた。

「ううっ、うぶぶっ……うぐぇ」

噎《む》せながらも、朱里は頰張りつづける。

ここで弱音は吐きたくない。根性のある女だと、思われたい。

「おおっ、朱里ちゃん、たまんねえよ。こんな気持ちいいの、マジで初めてだよ。ぁあああ、たまんねぇ」

気持ち良さそうに言いながら、川島は腰を振って、肉刀を打ち込んでくる。

苦しい。切っ先が喉チンコに触れるたびに、戻しそうになる。

口から、涎《よだれ》とも胃液ともつかないどろっとしたものがあふれて、顎に伝っているのがわかる。

しかし、それがいやかと言うと、そうでもない。むしろ、男のサディズムを受け止めている自分を、愛おしく思ってしまう。

そのとき、下腹部にぬるっとしたものが押しつけられた。

君塚の舌だった。

後ろに突きだしているお尻の奥を、君塚が舐めているのだった。

(ああん、わたし、おフェラしながら、オマ×コ舐められてるぅ！)

これはシックスナインと同じだ。違うのは、おしゃぶりしている人とクンニしている人が別人だということだ。こんなこと、普通では体験できない。

(ああん、すごい……わたし、すごいこと体験してる！)

きっと人は未体験ゾーンに突入すると、訳がわからなくなるのだ。理性が飛び、感覚だけが増大する。

硬い鋼《はがね》のようなペニス、とても繊細な舌づかい——。

満喫していると、川島の声が耳に飛び込んできた。

「おい、君塚。やっていいぞ」

「俺が先でいい？」

「ほんとはイヤだけどな……しょうがねえじゃないか。こういう段取りになっちまったんだから。俺は後でするよ。漁夫の利ってやつをもらうから」

二人の会話が聞こえる。

（ええ？　わたし、このままやられるの？　おチンチンを咥えたまま、後ろから突き刺されちゃうの？）

とてもひどい状況だ。しかしなぜだろう、朱里はドキドキしてしまう。

君塚がごそごそやって、ズボンをさげているのがわかる。

すぐに、それが入ってきた。すごく強引な挿入の仕方だ。一気に奥まで突き刺して、君塚は「ううっ」と唸《うな》る。

（ああ、すごい……けっこう、大きい！）

朱里は思わず歯を食いしばりかけて、ああ、ダメだ、と力をゆるめた。ここで食いしばったら、おチンチンにいやというほど歯を立ててしまう。

口の力をゆるめたところに、前からおチンチンが打ち込まれた。

前からと後ろからという状態に、きっと川島も昂奮しているのだ。

唸りながら、イラマチオしてくる。

「うんっ、うんっ……うぐっ、ぐぐっ……」

朱里は呻《うめ》きながら、二本のおチンチンを受け止める。

すごい衝撃だ。後ろからピストンされて、「うっ」と前に身体が出る。そこを、前から強靱なものを叩き込まれる。

リズムが狂うときがあって、そんなときは、前と後ろから同時に突かれる。朱里は自分が押しつぶされたような気がして、

「ぐぅぅぅ……！」

と、悶絶する。口から涎が垂れているし、膣からも恥ずかしい蜜があふれでている。

君塚のピストンのピッチがあがった。

(ああ、出すんだわ。きっと、出すんだわ)

男が射精しそうになると、それを助けたくなる。もちろん、自分もイキたいけれども、それ以上に、男にきっちり射精してほしくなる。

意識的に膣をきゅっと締めてみた。

「おおぅ、ダメだ。出すぞ、出す！」

君塚の切羽詰まった声がして、

「うわっ……」

肉棹が膣から抜き取られ、直後に、朱里のお尻に温かくて、どろっとしたものが付着して、流れ落ちていく。

それを、君塚がハンカチで必死に拭《ふ》いている。

朱里はまだ気を遣っていない。だが、もう少しでイクところだったので、知らずしらずのうちに腰を振って、もっととおねだりしていた。

「くくっ、ほんとインラン娘だね。あっ、人妻か……ほら、またがれよ」

川島が、朱里を向かい合う形で膝の上に乗せた。

朱里も股間からいきりたつものを手でつかんで導き、腰を沈ませていく。ぐちゃぐちゃになった下の口を、鋼のような肉の刀が押し広げてきて、

「ぁああ、くっ……」

その衝撃と快感に歯を食いしばる。

両手を川島の肩に置いて、腰を上げ下げした。

川島がぎりぎりまで腰を前に出しているので、朱里もバスの床に足を突いて踏ん張り、スクワットでもするように腰を上下動させる。

そのたびに、強靱な肉棒が奥を突いてきて、ポルチオの感じる朱里は、一気に高まる。

「ぁあああ、ぁあああぅぅ……いいの。奥に、奥に当たってるぅ」

思わず口に出すと、川島がブラウスのボタンをすべて外し、あらわになった乳房にしゃぶりついてきた。

乳首を舐めながら、もう一方の乳首を指でくにくにとこねてくる。こうされると、朱里は一気に性感が高まる。

「ぁあああ、ぁあああ……気持ちいいよ。おかしくなる。朱里、おかしくなっちゃう」

訴えると、川島は上目づかいに見て、にやっと笑った。

悔しいけれども、この人は女の身体をよくわかっている。それに、最初から朱里に好意を示してくれていた。朱里もどんどん気持ち良くなってしまう。

川島が乳首を吐き出して、片手で唾液まみれの乳首をいじりながら、もう一方の手を腰に当てて、動きを助けてくれる。

「ぁああ、もう、ダメっ……ぁああ、いやん、腰が動くのぉ」

朱里は両手で肩につかまり、腰をしゃくりあげる。

勃起を根元まで呑み込んでおいて、後ろに引いた尻を前に出しながら、ぐいっと斜め上へとしゃくりあげる。

すると、おチンチンの先がポルチオをぐりっとこねてきて、ぐっと快感が高まる。

オシッコが漏れてしまいそうになる。潮を吹くわけではない。きっと、小さな頃に、オシッコをしながら密かな快感を得ていたから、その名残に違いない。

こうなると、絶頂は近い。

だが、川島はどうなのだろう？　たとえどんなときであっても、相手の男には射精してもらいたい。

「ぁああ、イキそう……川島さんはどうなの？　出そう？」

思わず訊いていた。

「自分で腰を振らないと、イケないな」

「じゃあ、こうすればいいのね」

朱里は腰をあげたところで、動きを止めた。

てくる。

と、川島が突きあげはじめた。ぐいっ、ぐいっ、ぐいっと力強く腰を撥ねあげ

「あんっ、あんっ、ぁあん……」

強い衝撃を受けて、朱里は川島にしがみつきながら、身体を反らせる。

「おおぅ、朱里ちゃんのオマ×コは性能がいいな。イキそうだ。出そうだ」

「ぁああ、わたしも気持ちいい。奥が感じるの。子宮を突かれると、すごくいい

の……ぁああっ、ぁあああ……当たってるぅ。奥に当たってるぅ」

「わかるよ。奥がぐにぐにしてる。おおぅ、おおぅ、そうら、イッていいぞ。お

おぅ、俺も出す」

川島が突きあげながら、乳房をつかんでくる。強い力で揉みしだかれ、思い切

り突きあげられたとき、快楽の風船がふくれあがった。

（ああ、爆《は》ぜる！）

川島がしゃにむに突いてくる。

「ぁあああ、イク、イクよ……イッちゃう！」

「そうら、イケよ！」

川島がぐいと突きあげたところで、唸った。

放っているのだ。それを確認して、朱里もぐりっと腰をこねた。次の瞬間、ふくれあがった風船が爆ぜた。

「うあっ……！」

頭のなかに閃光が走り、全身が爆風にさらされる。

「あっ……あっ……」

熱いほとばしりを受けながら、朱里も絶頂をただよう。

川島の逞しい肉体にしがみつきながら、自然に身体が震えてしまう。

嵐が去って、二人は離れる。

朱里は体内に残った精液を絞りだして、ティッシュできれい拭き取った。それから、乱れた着衣をととのえる。

男二人もそそくさとズボンをあげる。

朱里が自分の指定席に向かおうと通路を歩いているときに、コンコンとバスの乗降口をノックする音がした。

ハッとして見ると、運転手だった。中年のバスドライバーが昼食を終えて、早めに帰ってきたのだ。

間一髪だった。

朱里はもう一度、着衣を確かめて、ドアを内側から開けた。

「早かったですね。どこで、召しあがったんですか?」

朱里は何もなかったかのように、明るく声をかける。

「ああ、ソバを食べたんだけど、美味しかったよ。やはり、擦ったナマワサビはたまらんね。風味がいい」

運転手が満足そうに言って、車中の二人を見つけ、

「ああ、早いですね」

と、声をかける。

「ええ、まあ……」

川島と君塚は顔を見合わせ、それから、照れくさそうに頭を掻いた。

第二章　熟れ妻　ゆり子の憂鬱

1

自宅兼事務所の一室で、佐々木塔子《ささきとうこ》は三人にはわからないように密かに溜め息をついた。

リビングには、添乗員派遣会社『スタッフ・プリティーズ』の全社員である、後藤朱里、小谷《こたに》ゆり子《こ》、三嶋玲菜《みしまれな》が顔を揃えて、塔子の用意したスイーツをムシャムシャ食べている。

塔子がこの会社をはじめて、一年が経過した。

その前まで、塔子は旅行会社に勤め、さまざまなツアーの企画と、それにともなう添乗員の仕事をこなしていた。直接の上司である課長とまったく反りが合わず、たとえ塔子が最上のパックツアーを提案しても、課長にはろくに検証もせずに、『話にならん』と突き返された。

もうこの男とはやっていけないという思いが募っていたある日、些細なことで課長と揉め、堪忍袋の緒が切れた。『もう、課長とはやっていけません。あなたは能力も人間力もない最低の上司です！　辞めさせてもらいます！』とタンカを切って、会社を辞めてしまった。二十八歳のときだった。

その後、他の旅行会社へ移ろうとしたが、各社にはすでに課長の手がまわっていて、『上司と揉めるような社員は要らない』とことごとく断られた。

すでに結婚していたし、夫は会社員としてマジメに働いていたから、家庭におさまって、妊活《にんかつ》に精を出した。

しかし、どういうわけか、コウノトリはやって来ず、そうするうちに、夫が浮気をした。

離婚も考えたが、できなかった。

それからだ。自分も自立しなければいけないと強く思ったのは。

塔子は旅行が好きだから、できるなら旅行関係の仕事についていたい。小さな旅行会社を起業することも考えたが、リスクが大きすぎた。行き着いたのが、添乗員派遣会社だった。

派遣会社なら、資本金は少なくて済むし、自分も添乗に出られる。

募集をかけたところ、三人の希望者が集まった。

驚いたのは、塔子を入れて四人とも結婚していたことだ。だが、人妻だけのツアコン派遣会社があってもいい。

ツアーに主任添乗員として同行するには、旅程管理主任者の資格を持っていることが必要だった。その資格を持っていたのは、塔子と三十七歳の人妻添乗員・小谷ゆり子だけで、他の二人は研修を積ませて、資格を取ってもらった。

四人がようやくひとりで添乗をこなせるまでになった。

しかし、社への添乗の依頼はいっこうに伸びず、頭打ちだった。いや、むしろ減っている。

もともと、上司と揉めて辞めた、生意気な女が社長をやっている会社だから、あまり仕事をまわすな、というのが、業界の姿勢だった。

それでも、最近は第二の人生を送っている熟年層を核に、ツアーの需要は増えていて、うちにも仕事はまわってきた。

ツアー主催会社が何によって添乗員を評価するかと言うと、これは、圧倒的にツアー客から集めるアンケート用紙にかかっている。

だから、たとえ嫌われ者の弱小派遣会社でも、アンケートの結果が良ければ、親会社はまた使ってくれる。しかし――。

その肝心のアンケートの結果があまり芳《かんば》しくないのだ。

塔子が口が酸っぱくなるほどに、『おもてなし』の精神を説いているのも、そのためだ。

だが、前回の朱里が添乗員をしたツアーは、塔子も驚くほどにアンケート結果が良かった。

「そうそう、朱里ちゃん、伊豆をまわるツアー、すごく評判が良かったわよ。アンケートのほとんどが『大満足』のところに○がしてあったって、Kトラベルの課長さんが褒めてくださったわ」

塔子が言うと、朱里が照れた。

二十三歳とまだ若く、厭味《いやみ》のない顔をしているし、男好きのする身体をしているから、我が社のホープとして期待している。

「ふうん、珍しいわね。あんたがねえ……」

と、訝《いぶか》しげな顔を向けたのは、三嶋玲菜だ。

二十八歳で、モデルとしても通用しそうな外見をしている。目鼻立ちがくっきりとした美人で、プロポーションもすらりとして、出るべきところは出ている。

しかし、気が強く、猜疑心《さいぎしん》も強く、どうもツアー客との折り合いが悪い。とくに女性には受けが悪く、『あんた、うちのダンナに色目使ったでしょ』と嫉妬《しっと》されたりする。頭もいいし、土地の知識もある。これで、性格さえ良くなれば、無敵だと思うのだが――。

「ええ、それ、どういうことですかぁ？」

朱里が唇を突きだす。

もともとこの二人は反りが合わない。

「だって、朱里、これまで『まあまあ満足』ももらえなかったじゃないの。それがいきなり、ほぼ全員から『大満足』なんて、おかしいわよ。何か奥の手使ったでしょ？」

玲菜がそう言って、足を組んだ。すらりとした足が宙を舞い、スカートから黒いストッキングに包まれた美脚がこぼれる。

「そんなぁ、やってません。玲菜センパイ、ご自分の評判が悪いからって、わたしに当たらないでくださいよぉ」

朱里がブリッコ口調で言う。これが、玲菜には耐えられないのだろう。それは塔子にもよくわかる。

「もう……二人ともやめなさいよ。顔を合わせれば、喧嘩なんだから」

と、仲裁に入ったのは、小谷ゆり子だ。

四人のなかではいちばん年上で、三十七歳。結婚して、中学生になる息子がひとりいる。若い頃から旅行好きで、派遣会社で長年添乗員を勤めていたベテランであり、塔子がもっとも信頼している社員だ。

性格も穏やかで、顔もおっとりとした癒し系の美人であり、サービス精神も旺盛だから、ツアーコンダクターに向いている。

したがって、うちでは、ゆり子の添乗が断トツで評判がいい。しかし、心配なのは、最近どうもゆり子の落ち着きがなくなっていることだ。

何が原因なのかわからないが、時々、ポカをしでかして、それが不安の種のひとつだった。

「朱里ちゃん、じつはまだ話は終わっていないの。ほら、これ見て。アンケートのコピーなんだけど……」

と、塔子はコピーをセンターテーブルに置いた。みんなが覗き込む。

「ほら、感想のところに、『ツアコンさんのオッパイ、最高だった♡』ってあるでしょ？　それに、こっちには『自分には何もしてくれなかった。不公平』と書いてある。これ、どういうこと？　ゴメンね、こんなこと言いたくないんだけど、Kトラベルの課長に問い詰められて、困ってしまって……」

切り出して、じっと朱里の目を見る。

その大きな瞳が右往左往して、ついには、涙がじわっと浮かんできた。

「どうしたの？　何があったか、包み隠さずに話して」

朱里がくすん、くすんと啜《すす》りあげながら、事情を話しだした。

野球ケンをして、ジャンケンにたてつづけに負けて、胸を露出してしまった。そのとき、農協の部長に倒れかかって、ビールをこぼし、あそこにニードロップをしてしまい、挙げ句には呼び出され、これをしたら、許す。次回の添乗もオタクに頼むからと言われ、ついつい身体を許してしまった。それが、盗み聞きされていて、若い二人にバスでまた身体を許して……。

話を聞いているうちに、唖然《あぜん》としてしまった。

他の二人も、口を開けたままになっている。

「でも、きっちりと次のツアーも、添乗員にわたしを指名するって、約束を取り付けてきました。だから、だから……」

朱里がまた号泣しはじめた。

これでは、怒れない。

「わかったわ。大丈夫よ。朱里ちゃんもうちのことを考えてくれたのね。ツアー客三人としたのはマズかったけど……でも、大丈夫よ。頑張った。うん、頑張った……」

塔子は近づいていって、すべすべのボブヘアを撫でる。

「ゴメンなさい。わたしが調子に乗りすぎたんです……もう、もう、しません……ゴメンなさい。ゴメンなさい」

塔子の服が濡れるほどに涙を流す朱里を、塔子は抱きしめて、泣きやむまで髪を撫でつづけた。

2

小谷ゆり子はS旅行の企画する『東北の秘湯温泉ツアー』の添乗を任されていた。

秋田《あきた》空港《くうこう》まで飛行機で行き、そこから、地元のバス会社のバスに乗って、東北の秘湯をまわっている。

角館《かくのだて》の武家屋敷を見学し、乳頭温泉《にゅうとうおんせん》の三つの秘湯につかり、今は秋田の海岸沿いを北上して、青森《あおもり》に入ったところにある不老《ふろう》ふ死温泉《しおんせん》に向かっている。すでに午後七時で、キリタンポ鍋の夕食も店で済ませ、あとは宿に到着するばかり。ツアー客のほとんどは、温泉につかった心地よい疲労と満腹感でうとうとしていた。

今日はすべてがばっちりだった。

いちばん怖いのは、飛行機に乗り遅れる客が出ることだ。パックツアーの場合、なるべく飛行機代を安くしたいので、出発が早くなる。

したがって、寝坊した客がいると、その後が面倒なことになる。幸いにも、今回のツアー客は全員が集合時間をきちんと守ってくれる。

集合時間に遅れる客がいると、すべての予定が狂ってしまう。たまにいるのだ。時間を間違えて、一時間も遅れてやってくる客が。

バスには会社専属のバスガイドがついて、ゆり子としてはガイドをしなくていいぶん、楽だ。しかし、そのバスガイドがあまりにも魅力的だと、添乗員が食われてしまい、バスガイドさんは良かったけど、添乗員がねぇ……ということになりかねない。

そうならないためにも、タイミングを見計らって、マイクを握り、客のご機嫌をうかがっている。とにかく、今うちは頑張らないといけない時期だ。

佐々木塔子が作った会社を潰《つぶ》したくはない。塔子を気に入っている。何しろ一生懸命だし、自分を重用《ちょうよう》してくれる。彼女の期待に応えたい――。

しかし、今回のツアーは秘湯の旅ということもあって、圧倒的に熟年層が多い。仲の良い熟年夫婦を見ていると、羨《うらや》ましくなる。きっと、今、夫婦仲が上手くいっていないからだ。

ゆり子は三十七歳で、結婚して十四年が経過し、今年中学生になった息子もいる。

しかし、最近夫婦仲がしっくりこない。原因はわかっている。

夜の夫婦生活がないからだ。

ようやくセックスの良さがわかり、膣でイケるようになった。息子も前ほど手がかからなくなったし、これから、夫とのセックスを満喫しようと期待していた。

だが、夫は仕事に追いまくられて、夜まで体力が残っていないらしく、いっこうに求めてこないし、ゆり子が求めても「疲れているから」とすかされる。

そのせいか、最近は欲求不満におちいっている。

恥ずかしいことだが、この頃は、インターネットで密かに購入したバイブを使って、自分を慰めている。

最前列のシートに座っているゆり子は、ちらりと腕時計を見た。あと、三十分ほどで、宿泊予定の黄金崎《こがねざき》にあるF温泉に到着するはずだ。

すでに、ホテルのルームナンバーや明日の集合時間を書いた用紙は、みんなに配り終えている。

寝る人が多いだろうと、バスの車中は暗くしてある。

目をつむったところで、隣に座っているツアー客に触れて、腕を引いた。今日は満席だから、添乗員の隣にもツアー客が座っている。

山沖《やまおき》という初老の紳士で、七十歳のはずだが、なかなか感じのいい人だ。

ちらりと見ると、山沖もロマンスグレーの髪を見せて、眠っているようだ。

（わたしも少し休んでおこうかしら）

目を閉じて、うとうとしたとき、太腿に何かが触れた。

（えっ……？）

薄目を開けて見ると、山沖の左手がスカートの上を這っていた。

怒りと言うよりも、驚きのほうが大きかった。

山沖は、失礼な言い方をさせてもらえるなら、害のなさそうなおとなしそうな七十歳の紳士で、まさか、大胆にもバスの車中で、添乗員の太腿を撫でてくるとは思わなかった。

ここはさりげなく、そういうことをしてはダメですよ、と示唆《しさ》すべきだろう。ゆり子は周囲に気づかれないように、山沖の手をつかんでそっと外した。

もう大丈夫だろうとタカをくくっていると、ふたたび、山沖が太腿を撫でてきた。

(えっ……この人?)

まじまじとその横顔を見てしまった。山沖は端整な横顔を見せて、目を閉じている。しかし、その手はまるで、そこに目がついているみたいに巧妙に大胆に、太腿をさすってくる。

車中は薄暗いし、ほとんどが仮眠を取っているから、まずこの行為に気づく者はいないだろう。マズいのは触られているところから、ぞわぞわっとした蟻《あり》が這うような快感がひろがっていることだ。

やはり、このままではいけない。ゆり子は再度、その手をつかんで向こうに押しやった。

しばらくじっとしているから、もう大丈夫、と気を抜いたとき、またまた山沖の手が太腿に伸びてきた。しかも、今度はゆり子の右の太腿の内側をつかんで、ぐいっと開いたのだ。

（えっ……ええ？）

その確信犯的な行為に、唖然としてしまって、動けない。と、許しを得たと思ったのか、山沖の左手が内腿をなぞりあげてきた。

「……！」

腰がびくっと震えてしまった。

（ちょっと……！）

そう口に出したいのを、こらえた。前には運転手もいるし、バスガイドも斜め前の補助席に座っている。今、声を出したら注目されてしまう。それは避けたい。

すると、そんなゆり子の気持ちをわかっているかのように、手が大胆に動きはじめた。ゆり子の膝をつかんで開かせ、スカートをたくしあげながら、さらに奥へとすべり込ませてくる。

パンティストッキング越しに内腿を撫でられて、肌がざわめき、搔痒感《そうようかん》が下腹部にも流れ込んで、あそこが熱くなるのがわかった。

身体が、反応してしまっているのだ。

(ああ、ダメっ……)

手を外そうとしたその瞬間、枯れ枝のような指が股間をとらえていた。

「くっ……!」

声が出そうになるのを必死にこらえた。

それでも、下腹部をまさぐられ、縦にさすられると、無意識に腰が動いてしまう。

それが拒もうとしての動きなのか、反対に感じてしまっているのか、自分でもよくわからない。

膝を閉じようとしたものの、内側によじろうとすると、膝をつかんでぐいと開かされる。

老人のすることではなかった。力だって、強い。

しかも、下腹部に触れた指が、ゆり子の秘部を大胆かつ繊細にさすってくる。

そうなると、もういけなかった。

必死に抑え込んでいた肉の疼きが、頭を擡げてきた。いったん起こると、高まるのは早かった。

「くっ……くっ……」

自分にだけわかる声を嚙み殺しながら、無意識に腰を振ってしまっていた。

（ダメよ、ダメ……この前も、朱里がツアー中に男を咥え込んで、問題になっていたじゃないの。だから、こんなことを許してはいけないの。ダメなのよ……ぁああうぅぅぅ）

喘ぎそうになるのを口に手のひらを当ててふせぎ、ぐーんと上体をのけぞる。のけぞったまま、ヒップを前後に振って、擦りつけていた。

山沖は女体をよく知っていた。

パンティストッキング越しに恥肉をさすり、上方のクリトリスを指先でまわし揉みし、さらには、下の膣口にも指を添えて、タンタンタンタンとノックしてくる。

（ああ、これ……！）

甘く切ない期待感がひろがってきた。

鼻息がかかっているから、山沖はこちらを見ているだろう。だが、恥ずかしすぎて、顔も見られない。

と、山沖の手がパンティストッキングの上からなかへと押し込まれた。あっと思ったときには、じかに秘苑にタッチされていた。

そこがすでに濡れていることとは、自分でもわかっている。

（ああ、恥ずかしすぎる！）

必死に喘ぎ声をこらえている間にも、細いが強靭な指が縦横無尽に濡れ溝を動きまわる。「チャッ、チャッ、チャッ」と粘着音が聞こえてくる。

（あああん、気持ちいい……！）

そのとき、ゆり子の右手が引き寄せられた。猛りたつ肉柱にじかに触れて、

（ええっ……ウソっ！）

隣を見ると、ズボンからおぞましいほどの肉棹がそそりたっていた。それは、とても七十歳を迎えた男のペニスだとは思えない。

「悪いが、しごいてくれないか？」

山沖が耳元で囁《ささや》く。とても渋い声だ。声とやることの落差がありすぎる。

指が勝手にそれを握りしめていた。

（すごい……何、これ？）

温かい肉柱はドクッ、ドクッと力強く脈を打っていた。しかも、血管がぷっくりと浮かびあがっている。

（……これが、七十歳を迎えた男のおチンチンなの！）

ゆり子の身体の底で何かがうごめいた。かるく上下にしごくと、

「ううっ……！」

山沖が低く呻いた。同時に、その瘦せてはいるが反り返っている肉柱がますますふくれあがってきた。

次の瞬間、何かがぬるりっと体内にすべり込んできて、

「くっ……！」

ゆり子は洩れそうになる喘ぎを、手のひらを口に当ててふせいだ。

膣に潜り込んできたのは、山沖の中指だった。

（何なの、このオジイちゃん！）

だが、内側に折り曲げられた長い指で、膣の上側を叩くように擦られると、一瞬にして、身体が変わった。

（ああ、ダメっ……そこ！）

ゆり子のいちばん感じるのは、Ｇスポットだった。

そこをリズミカルに叩かれ、押しあげられながらさすられると、下半身が蕩けながらふくれあがっていくような快感がうねりあがってくる。

「くっ……くっ……」

ゆり子は洩れそうになる声を必死に嚙み殺した。それでも、腰がもっとでも言うように勝手に動いている。

怯《おび》えと期待感に震えたとき、いきなり顔を引き寄せられた。そのまま、上から押さえつけられる。

ちょっとイカ臭いような、懐かしい匂い——おチンチンだ。

最近はご無沙汰で、これをしゃぶったことも、受け入れたこともなかった。

ゆり子はいやいやを装って、それに唇をかぶせていく。

しばらく遠ざかっていたせいか、顎の関節がつらい。

あまり深く咥えすぎると、噎せて、注目を浴びてしまう。噎せないように気をつけながら、静かに唇をすべらせた。

山沖は指マンをやめて、ゆり子の上下動する頭を撫でながら、低く唸っている。

(ああ、何か、昂奮する……!)

自分の職場とも言うべきバスのなかで、しかも、ほぼ満席の車中で、お客さんの勃起を頰張っている、という罪悪感やスリルのようものが、自分を昂らせているのだろう。

それは、夫婦の日常的すぎる、いわばマンネリ化した行為とは全然違って、皮膚がざわめき、五感が覚醒している感じだ。

(ああ、もう我慢できない)

ゆり子は右手で肉棹を握り、口を上下動させながら、左手をスカートのなかに忍び込ませた。指での愛撫を中断されていたところは、恥ずかしいほどにぬめっていて、指がすべってしまうほどだ。

(ああ、イキたい、すごくイキたい……!)

ゆり子は中指を体内に押し込んだ。膣のなかは煮詰めたトマトみたい蕩けていた。肉襞が刺激を求めて、指にからみついてくる。

(ああ、気持ちいい……!)

ぐちゅぐちゅと膣を掻きまぜ、指を抜き差しする。

そうしながら、咥えた肉棹に唇をからませ、すべらせる。

「おおぅ、く……!」

山沖の足が突っ張っている。口のなかで肉棹が躍りあがる。

(ああ、この人、出すんだわ。わたしもイキたい……)

身体が焼けるように熱い。膣が嬉々として、指を締めつけてくる。口がひさしぶりに味わう男のイチモツを感じて、悦《よろこ》んでいる。熱い塊《かたまり》がぎりぎりまであがって、もうにっちもさっちもいかなくなった。

(ああ、わたし、イクんだわ……!)

ゆり子は山沖を射精させようと、肉棹の根元を握りしごき、余った部分に唇を素早くすべらせた。

「おっ、あっ……くっ……!」

くぐもった声を洩らしながら、山沖がピーンと足を伸ばした。

温かい粘液が喉を直撃する。噎せそうになるのをこらえて、頬張ったまま、こくっ、こくっと嚥下《えんげ》する。

生臭いものを呑んだとき、ゆり子も人知れずに絶頂に達し、静かに痙攣《けいれん》した。

3

バスが目的のホテルに到着し、いったん解散になり、各々が割り当てられた部屋へと向かった。

ゆり子は密かに、山沖が声をかけてくれるのではないか、と期待した。が、山沖は何事もなかったかのように、ひとりで部屋に向かう。

ゆり子はちょっとがっかりした。

なぜなら、バスのシートで山沖の男液を呑みながら、自らも昇りつめて、心地よい余韻が残っていて、このつづきをしたいという気持ちがあったからだ。

しかし、山沖は声をかけてくれなかった。

添乗員も同じホテルに泊まる。ただし、ひとつランクはさがる部屋だ。

すでに、夕食は終えている。

質素なシングルルームでタブレットを開いて、今日の業務報告を作る。早く終えて、温泉に入るつもりだった。

ここで有名なのは、海岸沿いにある露天風呂だ。しかし、照明設備がなく、日が沈んでからの入浴は厳しい。したがって、室内の温泉ということになる。

ここの温泉はお湯の色が錆色《さびいろ》をしており、一度入ると病み付きになる。塩分、鉄分、マグネシウムなどが含まれ、保温効果の他に、美肌効果もあるから、ぜひとも入っておきたい。

今日の添乗日記を書き終え、さあ、温泉にと腰をあげたとき、業務用スマートフォンに電話がかかってきた。

ゆり子はいざというときのために、ツアー客には業務用ケータイの番号を教えてある。

(何かしら?)

ちょっと不安になりながら、応答する。出たのは、あの山沖だった。

「ああ、添乗員さんだね?」

「はい……」

「貸切風呂が取れたんで。せっかくだから、あなたも一緒に入らないかと思ってね」

業務中にツアー客と貸切風呂に入るのは、そうとうマズい。しかし、身体が疼いてしまっていた。

「あの……。他の方には内緒にしていただきたいんですが……」

「ああ、もちろん。来てもらえるんだね?」

「はい、一応……わたしも今、温泉に入ろうかと思っていたので」

「よかった。一時間取ってあるから、早速、貸切風呂に来てくれないか?

『ひょうたんの湯』のほうだから」

通話が切れた。

(お風呂でいけないことをするつもりなんだわ)

ごく自然に気持ちも身体も沸き立っている。

今夜は、疼きまくっている身体をひとりで慰めることになるだろうなと思っていただけに、うれしい。

いそいそと浴衣に着替え、入浴セットを抱えて、部屋を出る。

一階の隅のほうに、貸切風呂が三つあって、そのひとつである『ひょうたんの湯』に、入浴中の札がかかっている。

（ふふっ、山沖さん、もう、いらっしゃるんだわ）

ドアを開けてなかに入る。すぐのところに脱衣所があって、スリガラスの向こうに人影が動いていた。

「あの、山沖さんですか？」

「ああ……どうぞ、入っていらっしゃい」

山沖の落ち着いた声がする。一見、紳士的なのに、いざとなると大胆なことをする。段取りもいい。きっと、地位のある人に違いない。いや、地位のあった人が、第二の人生を悠々《ゆうゆう》と送っているのだろう。

この人なら、内緒にしてくれるに違いない。

急いで浴衣を脱いで裸になり、ホテルのロゴの入った白いタオルを胸から下腹部へと垂らし、ガラス戸をすべらせた。

なかは檜《ひのき》だろうか、木の良い香りがして、湯けむりの向こうで山沖がお湯につかっているのが見える。

「すみません、呼んでいただいて……」

「いいんだよ。お礼を言わなくちゃいけないのは、僕のほうだ。あなたのようなチャーミングな添乗員さんと一緒に入れるなんて、夢のようだよ」

山沖の台詞《せりふ》が女心をくすぐる。お世辞かもしれないが、そう言ってもらえれば心が浮き立つ。ゆり子はカランの前に片膝を突いて、かけ湯をする。

髪はミドルレングスのふわっとした髪形だから、まとめる必要はない。

ちらっと前を見ると、鏡に自分の裸が映っていた。色白でむちむちしている。

お椀型の乳房はたわわと言っていい。この歳でも全然型崩れはしていない。乳輪と乳首の色が薄茶色で、ピンクでないのが残念だが、これは体質だから仕方ない。

お尻もバランスよく大きい。ウエストはあと五センチ細くなりたいが、なかなか難しい。陰毛は台形の形で茂り、濃すぎるのがコンプレックスだった。

かけ湯を終え、前をタオルで隠しながら、升形に掘られた檜風呂に爪先から静かに入る。

「隣に来なさい」

山沖に言われて、すぐ隣に身体を沈め、タオルを湯船の縁に置いた。

ここのお湯は錆色で透明度がまったくなく、お湯のなかに入っていれば、裸身は見えない。山沖がにこっとして言った。

「ゆり子さんと呼んで、よろしいですか？」

「はい……もろろん。うれしいわ、男の人に名前で呼んでもらえるなんて、ひさしぶりです」

「えっ……？　ご結婚なさってるんでしょ？」

「はい、一応……中学生になる息子もいます」

「最近は、人妻の添乗員さんが多いようだからね」

「そうですね。うちは小さな派遣会社ですけど、四人とも人妻です」

「ほお、面白いな」

「ふふっ、わたしたち、『人妻添乗員、お乗りあそばせ』って冗談言っているんですよ」

「じゃあ、乗ってもいいのかな、ゆり子さんに」

「いや、冗談ですよ」

「そうですか？　ゆり子さんは肌がすごくきれいだ。色白できめ細かいもち肌をしていらっしゃる。胸もきれいだ。とても、授乳経験があるとは思えない」

「……ほんとうは、乳首はもっと小さくてかわいかったんですよ。息子が思い切り吸って、甘噛みするから、大きくなってしまって、戻らないんです」

「ほお、僕もあなたの息子になりたいな。オッパイを吸いたい。よろしいですか？」

「えっ……？　まあ、吸うだけなら……」

山沖が前にまわったので、ゆり子も乳房がお湯から出るように、少し腰を浮かす。

「ほんとうにきれいなオッパイだ」

山沖が乳房を柔らかくつかんで、モミモミしてくる。

（ああ、この手……！）

指づかいが巧みで、まったく厭味がない。なのに、時々乳首に触れてきて、ビクッとしてしまう。

「前は一応会社で重役をやらせてもらっていたんだけど、引退して、つまらない余生を送っています。女房を三年前に亡くしましてね。それから、ずっとひとりです」

そう言う山沖はとても寂しそうで、女心をかきたてられた。そして、奥さんを亡くして男やもめであることが、ゆり子の警戒心を解かせた。

山沖の指が乳房の中心に寄ってきた。周辺をタッチされ、焦らされて、じかに乳首に触れてほしくなる。

「ああ、触ってください。ち、乳首に……」

ゆり子は自分から頼んでいた。

「いいですよ、こうですか？」

男にしては細くきれいな指が、乳首をつまんで、くりっとひねってきた。

「あんっ……！」

甘く、強い歓喜の電流が生まれて、ゆり子は顔をのけぞらせる。

「感じやすい人ですね。さっきもバスのなかで、あそこを蜜のようにしていた。ステキな添乗員さんだ」

両方の乳首をつままれて、ダイヤルのようにねじられる。乳首がどんどん硬くなっていき、派生したパルスが矢のように全身を突き刺してくる。

「ぁああ、ぁあああ……もう、もう……」

「どうしました？」

「ああん、吸ってください。乳首を強く……」

「こうですか？」

山沖が乳首にしゃぶりついてきた。

頬張って、なかで舌でれろれろと刺激してくる。そうしながら、もう片方の乳首をつまんで引っ張りあげ、その状態でトップをくすぐってくる。

「ぁああん……それ！」

ゆり子は山沖の肩に手を置き、のけぞりながら、快感を貪《むさぼ》る。

山沖は反対の乳首を舐めころがし、吸い、同時にもう片方の乳首を指でいじってくる。

「ぁああ、ぁああああ……もう、もう……」

ゆり子はお湯のなかで腰をくねらせていた。

お湯は濁《にご》っていて、上からは見えない。そのことが救いだった。

「ねえ、ねえ……」

おねだりするように言って、お湯のなかに右手を伸ばした。陰毛の褥《しとね》でだらんとしているイチモツをつかみ、刺激すると、それがむくむくと頭を擡げてきた。もう七十歳だから、すぐにはエレクトしないようだが、触れば勃起するようだ。

「きみは見た目は癒し系だが、あっちのほうは多情系のようだね。済まないが、咥えてもらえるか？」

山沖がザバッと立ちあがった。

痩せているが、お腹はそれなりにふくらんでいる。踏ん張った足の太腿には筋肉が浮きでているから、きっと昔は何かのスポーツをしていたのだろう。

半分勃起した状態の肉の筒をつかみ、舌を出し、そこに亀頭部を打ちつける。ぶんぶん振ると、舌にそれが当たるぺちぺちという音が撥ね、つかんでいるものが一気に硬くなってきた。

頭から頬張り、ぴっちりと唇をからませて、すべらせる。すると、それがさらに硬くなってきた。

ゆり子は口のなかで、男の分身が大きくなるのを感じることが好きだ。

こんなことをしてはいけないのだが、他のツアー客に迷惑をかけているわけでもないし、山沖は絶対に秘密は守る人であるという確信があった。

「んっ、んっ、んっ……」

勢いよく唇をすべらせると、

「おっ……あっ……ゆり子さんは尺八が上手いね。じつは最近、まったく勃たなくてね。それが、バスの隣にいるきみを見て、むらむらしてね。スカートからこぼれたむちむちした太腿がたまらなかった。おおぅ、ああ、気持ちいいよ。ありがとう……ありが……うおおっ」

山沖が吼えた。

湯船の底に両膝を突いて、両手で山沖の腰を引き寄せ、口だけで仕留めにかかる。

速いピッチで亀頭冠を中心に唇を往復させせると、

「おおっ、ダメだ」

山沖が突き放してくる。

「これ以上されたら、出てしまうよ」

「お出しになっても、いいんですよ」

「いや、それはダメだ。今回はきっちりとあなたと繋がりたい。どうするか……そうだな。僕が座るから、上にまたがってくれないか？」

山沖のしゃべり方は、とても好感が持てる。

うなずくと、山沖が湯船に座った。褐色の濁り湯だから、胸の下はほとんど見えない。

ゆり子は正面からまたいで、腰を落とした。膝を曲げながら、手をお湯に入れて、屹立をさがした。あった。すごい勢いでそそりたっている。

これまで、用をなさなかったおチンチンが、ゆり子相手に元気になっていることがうれしい。女として評価されている気がする。

切っ先を割れ目になすりつけ、それから、静かに腰を落としていく。

亀頭部が膣口を割って、押し入ってきた。

「くっ……！」

途中まで受け入れ、ゆり子は手を山沖の肩に置いた。まだ半分しか入っていないのに、欲しいところに欲しいものをもらった悦びが、体内にほとばしる。

腰をくねらせながら、奥まで迎え入れた。

「ぁあああ……！」

体内を串刺しにされたような、強烈な衝撃が押しあがってくる。

「ぁあああ……すごい。すごいのよぉ……ぁあああうぅぅ、あん、あんっ、あんっ……」

ゆり子は奥まで受け入れた肉の軸を中心に、腰を前後に揺する。すると、ぐりゅ、ぐりゅっと屹立が膣をこねてきて、陶然《とうぜん》となってしまう。

夫のものを受け入れたのは、三カ月前のことで、それも、夫のそれは充分に硬くならなかったせいで、欲求不満だけが残った。

その後も、バイブは使っていたが、やはり、ナマのほうが断然いい。

ふと、山沖がギョロッとした目を向けているのに気づいて、

「そんなに見ないでください……恥ずかしいわ、こんなになって……」

なるべく、しおらしく、はにかんで言う。

「ゆり子さんはすごいなぁ。きれいでやさしいけど、愛嬌もある。それでいて、肌は白絹のようになめらかで、なおかつ、エッチだ。あなたみたいな女はそうそういるものじゃないよ」

「そんな……買いかぶりです。恐縮しちゃいます」

「そういう謙虚なところが、また、いい」

にこっとして、山沖が胸のふくらみに顔を埋めてきた。

乳房を揉みしだかれ、乳首を舌であやされると、無意識に腰を振っていた。

「ぁああ、ぁああ、いいの……乳首がいいの。あそこもいいの……やぁああん、

恥ずかしい。恥ずかしい……ぁあああんん」

ゆり子はいっそう強く、速く腰を振って、歓喜をあらわす。

山沖が右の次は左と、交互に丹念に乳首を愛撫してくれるので、性感が一気に上昇した。

「ぁああ、ぁああああ……山沖さん。わたし、何だか、もう……」

顔面に乳房を押しつけていた。

「どうしたの？　体位を変えようか。突かれたいんだろ？」

「はい……」

この人は女心をわかっている。昔は多くの女を泣かせたのに違いない。

「じゃあ、立って。そこに、つかまって、こっちにお尻を向けて」

山沖のしゃべりはあくまでもやさしい。しかし、やることはかなり大胆だ。

ゆり子は湯船の縁につかまって、腰を後ろに突きだした。

(ああん、きっとお尻の孔まで見えてる)

背中を反らせて、ぐいとお尻を突きだすと、自然にいやらしい気持ちになる。

男を挑発するポーズであることは確かだが、それ以上に、自分も挑発されて、マゾっぽい気持ちになる。きっとそういうふうにできているのだ。

（ああ、どうにでもして……わたしを獣のように貫いて、メチャクチャにして）

腰を振りたいのをこらえていると、山沖が屹立を押し当てて、後ろから腰をつかみ寄せた。引き寄せられるのと同時に、硬いものがズンッと入ってきた。

「くうぅ……！」

脳天にまで響きわたる衝撃に、ゆり子は顔を撥ねあげる。

（ああ、すごい……いつもより、断然気持ちがいい！）

温泉につかっているからだろうか。ここのお湯は見るからに特殊で、塩分や鉄分、それに炭酸カルシウムも含んでいると言う。

さっきから、身体の芯がぽかぽか温かい。そこにさらに熱いイチモツをおさめられて、子宮が悦んでいるのだろう。

それに、山沖はセックスが上手かった。

ただ突くのではなく、奥のほうを擦ってくる。それから、浅瀬を素早いピストンで攻めてきたりする。

『老練』という言葉が脳裏をよぎった。

「愉《たの》しめてますか？」

山沖が前に屈んで、乳房を揉みながら、耳元で訊いてきた。

「はい……すごく……山沖さん、お上手です、とっても」

「ははっ……それこそ、買いかぶりですよ。僕は体力がないから、それをいろいろやってカバーしようとしているだけです」

そう言って、乳首をつまんで転がしてくる。

体内が甘い愉悦で満たされ、腰が蕩けていくようだ。足を必死に踏ん張っているのに、がくっ、かくっと膝が落ちかける。

と、山沖の手がおりていって、クリトリスに触れてきた。

結合部に手を伸ばし、肉棹に巻き込まれている肉芽を引っ張りだすようにして、突起をまわし揉みしてくる。

「ぁああ、山沖さん……来ます。来ます！」

訴えて、腰をぐいぐい後ろに突き出していた。

「いいんですよ。イッていいんですよ」

「でも、山沖さんが？」

「いいんです。僕はもう一度出してしまっていますから、そう簡単には射精できません。女の人が満足してくれれば、それで充分です」

山沖がクリトリスを刺激しながら、突いてきた。

後ろから、パチン、パチンと音が出るほどに突き刺されて、愉悦の塊がふくれあがった。

「ぁあああ、来ます……イキます。イイんですか?」

「いいぞ。そうら、思う存分、気を遣りなさい」

山沖が最後の力を振り絞っているのが、わかる。ズンッ、ズンッ、ズンッとたてつづけに突かれて、

「んっ、あんっ、ぁあんっ……ぁあああ、イク……やぁあああああああ!」

ゆり子は風呂中に響きわたる嬌声《きょうせい》をあげた。さらに、奥まで届かされて、

「……くっ!」

ゆり子は湯船の縁をつかみ、顔をいっぱいにのけぞらせた。顎を突きあげながら、がくん、がくんと身体が自然に痙攣してしまう。

恍惚《こうこつ》の矢に貫かれて、ゆり子は天国をさまよう。

身体を支えていられなくなり、どっとその場に崩れ落ちた。

温かいお湯に肩までつかり、両手を縁に置いて、そこに顔を乗せる。

女は完全に気を遣ると、激しかった呼吸はおさまり、静かになる。

最近感じていなかった至福のなかに、ゆり子はたゆたっている。

後ろから山沖に肩を叩かれて、顔をあげる。

山沖が後ろ斜め上から顔を差し出して、キスを求めてきた。

ゆり子がのけぞるように唇を合わせると、乳房に山沖の手が伸びて、柔らかく揉まれる。

敏感な乳首には触れないで、全体をやさしく揉まれ、繊細なキスを受けているうちに、消えたと思っていた埋《うず》み火《び》がまたメラメラと燃えあがってきた。

（ああ、わたし、おかしいわ。もう、おかしくなってる）

ゆり子は自ら舌を差し込み、山沖の口腔をまさぐっていた。

4

早朝、ゆり子はホテルから数百メートル離れた、露天風呂に向かっていた。
あれから、山沖に『明朝の五時に、露天風呂で逢いましょう。大丈夫。あそこの男風呂は一応混浴ですから、ゆり子さんが入ったって問題ない。それに、その時間なら、まだ誰もいないでしょう』
そう言われて、ゆり子は時間通りにやってきた。

日の出は、朝の四時をまわった頃で、すでに朝日は昇りきって、日本海の荒波も朝のすがすがしい陽光に照らされている。

ザブーン、ザブーンと荒波が打ち寄せ、白い波頭を立てては引いていく。まるで、どこかの映画会社の冒頭を飾るあのシーンそのものだ。

露天風呂に着いたが、約束の時間より少し早かったせいか、まだ、山沖の姿はない。他の人がいる気配もない。それはそうだろう。いくら何でも、朝の五時は早すぎる。

（いいわ。先に入って、山沖さんを待っていれば）

女風呂に入っていたほうが無難な気がしたが、それでは、山沖が来たかどうかわからない。思い切って、混浴でもある男風呂に入ることにした。

浴衣と袢纏を脱いで、脱衣カゴに畳んで置いた。

それから、ひょうたん形の湯船に足をつけ、静かにつかる。とても浅い。座ると、ウエストから上が出てしまう。

お湯は黄土色の濁り湯だから、腰から下が消えてなくなったようだ。このお湯は鉄分でタオルが変色してしまうから、タオルは使わない。

（見事だわ。こんな光景を見ながら、露天風呂につかれるなんて、まずない）

ゆり子は湯船を歩いていって、もっとも海に近い箇所に座った。

映画のような光景が間近にせまっている。早朝の陽光を浴びて、きらきら光った海が眩《まぶ》しい。様々な形をした黒々とした岩たちに、日本海の荒波が打ち寄せては砕け、白いしぶきをあげている。

（これだから、添乗員はやめられない）

こんな素晴らしい景色を只で見られるのだ。と言うより、逆にこれでお金をもらえるのだから、これ以上の仕事はない。もっとも、添乗員の給料は日当で、うちの場合、一日九千円だ。今回は一泊二日だから、一万八千円になる。

その前の打ち合わせもあるし、ほぼ一日中、気を張りつめていなければいけない。ツアー中に客に何かあったらもう大変で、責任も大きい。

給料だけを考えれば、決して恵まれているとは言えない。しかし、旅行好きのゆり子にはもってこいの仕事であり、できる限り、ツアーコンダクターをつづけていきたいと思う。

人の気配がした。

（山沖さんだわ……！）

振り返ると、山沖ともうひとり男がいて、裸でこちらに向かってくる。

ツアー客のひとりである宇田川《うたがわ》だった。

(な、何？　どうして、宇田川さんが一緒なの？)

ゆり子はさっぱりわからない。だが、視線はどうしても男の股間に向かう。

山沖は股間を手で隠しているが、宇田川はおチンチンをさらしたままだ。しかも、それは近づくにつれて、むっくりと頭を擡げつつあるのだ。

目をまん丸にして、ゆり子は凍りついた。

「ああ、申し訳ないね。ひとりで来たかったんだが、宇田川さんがどうしても一緒に来たいというんでね」

山沖が言いながら、宇田川とともに近づいてきた。

寄ってくるにつれて、宇田川のイチモツはますます大きくなり、臍に向かっていきりたつ。

(すごい……！)

長大なものがそそりたち、裏筋がはっきりと見える。しかも、逞しい肉柱には、根っこのような血管が浮かびあがっているのだ。

二人はゆり子の両隣に、腰をおろした。

「ゆり子さんねぇ……」

山沖が話しかけてくる。

「な、何でしょうか？」

ゆり子は二人の男に挟まれて、緊張している。

「じつは、宇田川さんがゆり子さんとしたいらしいんだ」

「はっ……？」

まじまじと山沖の顔を見てしまった。

「ああ、俺のほうから言います。俺、横須賀《よこすか》の造船所で船を造っているんです。で、仕事がら、全然女性に接する機会がなくて。それで、出逢いを求めてツアーに出たんすよ。だけど、全然誰も相手にしてくれなくて……で、山沖さんにグチこぼしたら……添乗員さんなら、すげえやさしい人だから、願いを叶えてくれるはずだって……。だから、迷惑承知でのこのこやってきました。すみません、お二人のジャマをして」

宇田川が頭をさげた。

ゆり子は山沖に腹を立てていた。しかし、いかにもとっぽい男に頭をさげられると、怒りが消えて、しょうがないなという気持ちが芽生えてくる。

やはり、これは母性というやつだろうか？　昔から、可哀相な男を見ると同情していまい、ついつい願いを叶えてしまう。『ゆり子さんとしたいんです』と土下座まがいに平伏されて、やらせてあげたこともある。

それに——。さっき見た、宇田川の元気良すぎるイチモツがまだ瞼《まぶた》の裏にこびりついていて、正直なところ、あれを受け入れてみたい、という気持ちもある。

しかし、だからと言って、すぐに許してしまえば、女として安く見られる。

「ひょっとして、誰でもいいからやりたいって思ってます？」

ツンとして言う。

「違います！」

宇田川がすぐさま、否定した。

「添乗員さんに昨日の朝、逢ったときから、胸がドキドキしてました。俺、熟女のほうが好きなんですよ。若い女はギスギスしてて、やたら女の権利主張するし、もう散々な目にあってますから。あなたのような包容力がある、何でも受け入れてくれそうな、つまり、やさしい人に憧れてるんです。お願いです。あなたとできたら、もう死んでもいいす」

宇田川がほとんど土下座せんばかりに湯船に正座して、頭をさげた。

（いいか……）

ちらりと目をやると、山沖は両手を合わせて、「頼むよ」とばかりに拝んでくる。

まったく変な人だ。昨日逢ったばかりの男に、女を譲るなんて。

（山沖さんもお年だから、もう足りているのかもしれない）

ゆり子は心を決めた。

「いいわ。でも、このこと、絶対に他言しないように約束できる？」

「もちろん」

「じゃあ……いいわ。でも、他の人に見られると困るから、申し訳ないですが、山沖さん見張っていていただけますか？」

「ああ、いいぞ。見張り番だな」

山沖がにっこりする。

「じゃあ、宇田川さん、立って」

「こ、こうですか？」

宇田川が海を背に、湯船に立ちあがった。

モズクのような草むらから、ギンとした肉の塔がそそりたっている。

造船所で力仕事をしているのだろう、太腿は筋肉が盛りあがっているし、意外に小さなお尻はかわいく持ちあがっている。

その前に両膝立ちになったゆり子は、そそりたつものをかるく握った。

硬い。力瘤《ちからこぶ》を作った筋肉のようにカチンカチンだ。

そして、剝けた包皮から、いかめしい亀の頭が顔を出していた。とくに、エラが張っている。

(ああ、立派だわ。マツタケみたい……)

顔を寄せていき、亀頭部にちゅっとキスをする。

「うっ……!」

びくんっとマツタケが撥ねた。

(ふふっ、すごく敏感なおチンチン……)

俄然、気持ちが盛りあがった。

ゆり子はそれを頬張り、顔をS字に振って肉棹を追いつめる。

立派なマツタケが口のなかを蹂躪《じゅうりん》してきて、被虐的《ひぎゃくてき》な悦びがうねりあがってくる。

いったん動きを止めて、咥えたまま横を見ると、山沖が食い入るようにゆり子のフェラチオシーンを見つめていた。

その股間はすでに勃起していて、それを山沖は握りしめている。

（山沖さん、きっと、セックスを覗くのが好きなんだわ）

ほとんどの男は自分が抱いている女性が高まるのを見て昂奮するが、なかには、他人のセックスを覗くことを趣味にしている人がいる。

男という生き物は変わっている。ゆり子は他人のセックスなど見ても、そんなに感じないのだが――。

しかし、一度身体を合わせたせいか、山沖を愉しませたい、昂奮してもらいたいという気持ちが湧きあがってきた。

ゆり子は獣が肉を食い千切るときのように、顔をS字に振りながら、根元を強く握りしごく。

「おっ……ぁあああ、たまんないすよ。気持ちいい……気持ち良すぎるぅ」

宇田川が空を仰いでいる。

もっと悦ばせたくなって、手を離し、ぐっと奥まで頬張った。

マツタケを根元まで咥えると、硬い陰毛が唇に触れてきた。かまわず、もっと奥まで招き入れる。

「おおぅ、信じられない。こんな美人が、俺のを奥まで……くうぅ、さきっぽが喉チンコに当たってる」

ゆり子は両手を宇田川の腰にまわし、ぐいと引き寄せる。

鼻で息をしながら、チューッと吸い込んでやる。

「ひぃっ……ああ、掃除機みたいだ。うおおおっ！」

宇田川の切羽詰まった声が、ゆり子に満足感を与えてくる。

ゆり子はゆっくりと唇を引きあげていき、小刻みに亀頭部を往復させながら、睾丸をやわやわとあやしてやる。

右手でお手玉するように、タマタマを持ちあげ、さらに、丸みを柔らかく撫でさすってやる。

ぐちゃぐちゃという唾音とともに、波が岩場に打ちつけるザブーンという豪快な波音が聞こえてくる。斜め前に海が見える。

深い青緑色をした日本海がひろがり、水平線が遠くに走っている。朝日の反射で、雲の下が茜色《あかねいろ》に染まっている。

（ああ、きれい……）

心が清められるようだ。しかし、ゆり子の肉体は清められるどころか、逆にどんどん淫らになっていく。

（ああ、これが欲しい……！）

そんな思いを込めて、咥えた肉棹を精根込めて、かわいがる。

そのとき、ザブザブと音がした。見ると、山沖が後ろにまわり込むところだった。

（何をするのかしら？）

次の瞬間、乳房をつかまれた。

「ゆり子さんのオッパイは、柔らかくて気持ちいい。とくに、ここが敏感だ」

山沖が後ろから乳首をこねてきた。

（ああっ、ダメっ……！）

男のイチモツをおしゃぶりしているのに、そんなことをされたら……。

我慢して、フェラチオしようとした。だが、乳房を揉みしだかれ、トップをくりくりと転がされると、身体いっぱいに甘美な愉悦がひろがり、それに身を任せる。

「ああ、ダメっ……」

肉棹を吐き出して、くなりと腰を揺すっていた。

と、宇田川が湯船の縁に腰かけて、足を開き、そこに乗るように言う。

かなり恥ずかしいけれども、もう身体の欲求がぎりぎりまできていた。

宇田川の逞しい太腿をまたいで、足を縁にかけた。

ちょっと腰を落とすと、宇田川の強靱なものが体内を割ってきた。まるで、身体の中心を大きな杭で刺し貫かれたようで、

「ぁあぁぁ……！」

宇田川の肩につかまって、恥ずかしい声を洩らしていた。

「くぅぅ……すごい。添乗員さんのここ、最高だ。締まってくる。おおぅ、なかで何かが動いてる」

そう言って、宇田川が歯を食いしばった。

きっとこれは褒め言葉に違いない。女は褒められれば、その気になる。

気づいたら、腰を振っていた。

宇田川の逞しい肉体にしがみつき、腰から下を前後に揺すりたてる。すると、大きな肉棹がぐりん、ぐりんとなかを掻きまわしてきて、ぶわっと快感がふくらんだ。

「ぁああ、あああ……掻きまわしてくる。あなたのおチンチンがなかを掻きまわしてくるの」

「ああ、あんまり振らないで。くうぅぅ……」

宇田川が歯を食いしばった。

「そんなことじゃあ、女を泣かせることはできないわよ。せっかく、こんないい体をしてるのに」

肩甲骨から背中にかけて、撫でた。そこは筋肉質なのに柔らかく、まるでなめし革のようだ。

加減して腰をつかいながら、前を見た。

完全に夜が明けて、海も明るい空の色を映して青みが増し、押し寄せる波はさっきより穏やかになっていた。

白い海鳥が空を舞い、黒い岩に止まって、羽を休めている。

と、宇田川がいきなり立ちあがった。

「キャッ……！」

身体が浮いて、ゆり子は宇田川にしがみついた。

宇田川は「ヨイショ」と湯船を出て、海のほうに歩いていく。

俗に言う『駅弁ファック』の形である。

「ああ、ちょっと……！」

「思ったより、軽いですね。そうら、こんなこともできますよ」

宇田川がゆり子の尻をつかみあげて、下からジャブを突いてくる。

「あんっ、あんっ、ぁあんっ……」

ゆり子はぎゅっと首の後ろにしがみつきながら、突きあげられる悦びに声を放つ。

朝の海沿いの露天風呂で、駅弁ファックされている。

何だか、夢を見ているようだ。夫はマジメなサラリーマンで、絶対にこんなことはしない。いや、できない。

「そうら、もっと突きますよ」

宇田川が激しく腰をつかいはじめた。今度はジャブと言うより、ストレートに近い。きっと、ゆり子に叱咤《しった》されて、発奮したのだ。

かるくジャブを突いて、ストレートを深いところに打ち込んでくる。強烈なワンツーストレートを浴びて、

「あん、あんっ、あんっ……」

ゆり子は激しく喘いでいた。

声をあげながら、潮風の匂いと空気の流れを感じていた。潮風が肌を撫でてい

く。

宇田川はひょうたん形の湯船の周囲を歩き、ようやくゆり子をおろし、それから、ゆり子に海のほうを向かせ、立ちバックで嵌《は》めてきた。

腰をつかまれて後ろに引き寄せられて、後ろからがんがん突かれて、もう訳がわからなくなった。

身体が本能に焼かれ、ただ、イキたい、イカせて……としか考えられなくなる。

「あ、あ、あん、あんっ……」

後ろから突きあげられるたびに、下を向いた乳房がぶるん、ぶるんと揺れているのがわかる。

宇田川が逼迫《ひっぱく》してきたのがわかる。海に向かって吼えながら、強烈に突きあげてくる。

「ぁああ、イクわ。イッちゃう！」

低く訴えると、宇田川の腰の動きが一気に速く、強いものになった。

「おおぅ、出しますよ。出す！」

「ぁああ、わたしも……」

宇田川がぐいと突きあげてから、肉棹を抜いた。

温かい白濁液がゆり子の背中と尻にしぶいて、垂れ落ちていく。

5

身体を洗ってもらって、湯船につかった。

山沖は背中を湯船につけて座っている。言われるままに、正面から太腿をまたぎ、腰をおろしていく。

山沖の肉柱が体内に押し入ってきて、

「くっ……！」

ゆり子は山沖にしがみついた。

「ゆり子さん、良かったよ。すごく色っぽかった」

山沖が言うので、

「もう……」

ゆり子は頬をふくらませて、かわいくにらみつける。

「添乗員はツアー客には平等に接しないとね」

「……そうですけど」

「いいじゃないか。これで、彼もいい思い出ができた」

ゆり子はちらりと離れたところを見る。宇田川が手足を伸ばして、とても満足そうに湯船につかっていた。その横顔を見たとき、ゆり子も幸せな気持ちになった。

山沖が、胸に顔を埋めてきた。

乳房に顔を擦りつけ、それから、乳首を口に含んだ。

赤ちゃんのように吸い、それから、舐めてきた。必死の舐め方ではない。まるで戯れているようだ。

しかし、その遊んでいるような舌づかいが、ゆり子にはかえって心地よい。

「もう……山沖さん、舐め方がいやらしいわ」

「そうか？」

「そうですよ」

「年の功というやつだよ」

そう言って、また山沖が乳首を舐めてきた。ねっとりと舌を這わせ、上下左右に撥ねる。また頬張って、チューーッと吸われる。

もうダメだった。

「ぁああ、あああ……いいの。気持ちいい……」

上体をのけぞらせながら、腰を前後に振っていた。

お湯が肌を撫でていく。温かい。あそこはそれ以上に熱くなっている。

ひと振りするたびに、ぐんと愉悦がふくらんでくる。

「きみはほんとうにエッチなツアコンさんだな」

山沖がしみじみと言う。

「普段はこんなことしないんですからね。山沖さんがいけないんだわ」

その言い方が、甘えたような口調になっている。

「はは、そうだ。僕がいけないんだ」

「そうよ……ぁああ、ぁあああん、恥ずかしい……動いちゃう。腰が動いちゃう
……ぁあああぁぁ」

もちろん二人の男とつづけてセックスするなど、初めてのことだ。

おチンチンの形も、愛し方も違う。それが、ゆり子を昂らせる。

「ああ、山沖さん、わたし、イキそうです」

「いいぞ。イケばいい。僕は出さなくていいから」

「ほんとうにいいんですか?」

「ああ、ほんとうだ。この歳になると、射精するのも命懸けだからね。射精できればそれにこしたことはないが、それよりも、女性に気を遣ってもらうことが大切なんだよ。どうしてほしい？　言ってごらん」

「いいんですか？」

「ああ、言ってごらん」

「……ち、乳首をつまんで、くりっくりっとして」

「わかった。そんなことは造作もないことだ」

山沖が両手の指で、乳首をいじってくれる。

恥ずかしいほどに勃起した乳首をつまんで、くり、くりっとねじられると、芳烈な愉悦が流れて、

「ぁああ……それです」

ゆり子は自分から腰を揺すっていた。

「ああ、気持ちいい……気持ちいい」

「いいんだよ。イッても」

山沖が左右の突起の側面を指ですりすりとさすってきた。さらに、つまみだすようにしてひねられると、切なくて切なくて叫んでしまいたくなる。

「ああ、イクわ、イク……イキます」

喘ぐように言って、腰から下を前後に打ち振る。後ろに引いて、前に出すときにきゅっと斜め上方に向かって突きだす。

すると、Ｇスポットがいい具合に擦れて、切なさの塊が一気にふくれあがった。

（ああ、イクわ……イク……！）

心のなかで訴えて、ぐいと腰を前にせりだしたとき、

「うぐっ……！」

芳烈な電流が駆け抜けていく。

目を閉じていても、瞼の裏で花火が打ちあがっている。

「あっ……あっ……」

知らずしらずのうちに、身体が痙攣している。山沖はまだ射精していない。それがわかっていても、もう止まらない。

長い花火が終わり、ゆり子はがっくりとなって、山沖にしなだれかかる。

「いい子だ」

髪の毛を撫でられて、ゆり子は身を任せた。

朦朧《もうろう》とした意識のなかで、潮の香りが強くなった。波が岩礁にぶつかって砕け

る音が、心地よく響いた。

第三章　塔子の旅　隠密調査

1

「こうやって直接逢うのは、ひさしぶりだな。座りなさい」

Kトラベルの重役室で、鶴田幸三《つるたこうぞう》にソファを勧められて、塔子は「失礼します」と腰をおろす。

緊張していた。

Kトラベルはお得意様で、『スタッフ・プリティーズ』の派遣の仕事の半分はここからもらっている。それも、常務取締役の鶴田が塔子を買ってくれていて、プッシュしてくれているからだ。

鶴田は、塔子が会社を辞めた事情をわかってくれていた。

塔子が勤めていたMツーリストが、Kトラベルのライバル会社であるということもあって、そこを辞めた塔子を応援したいという気持ちもあるだろう。

今、かろうじて会社が成り立っているのも、鶴田のお蔭と言ってよかった。その恩人に「大切な話があるから」と呼び出されたのだから、緊張せざるを得ない。

(何かしら？　もしかして、うちとの契約を打ち切るなんてことじゃないでしょうね)

塔子の想像はどうしても悪い方へと向かってしまう。

鶴田が正面の肘掛け椅子にどっかりと座った。足を大きく開いていて偉そうだが、これがこの人の癖だからしょうがない。

塔子は視線が開いた足の中心に向かいそうになるのを、かろうじて止めた。最近、やけに男の股間が気になってしまうのは、夫とのセックスレス状態がつづいているせいだろう。夫の浮気はまだつづいている。

その分、塔子は好きなことをやらせてもらっているし、家を事務所がわりに使わせてもらっている。

だが、三十歳は、おそらく女の身体が肉の疼きを抱える時期なのだろう。もちろん、性の渇きはいっさい見せずに、社長業に専心しているふうに装ってはいるが……。

「最近、どうだね、『プリティーズ』は？」

鶴田が塔子を見た。

六十三歳だが、渋い二枚目で、押し出しも見栄《みば》えもいいから、鶴田に見つめられると、塔子はドキドキしてしまう。

「それが、あまり良くないんです……」

と、会社の状態を話す。鶴田にはいっさいの隠し事はせずに、すべてを話すことにしている。

話しながら、鶴田の視線が時々、ちらっ、ちらっと塔子の下半身に向かうのに気づいた。

今日、塔子はスーツを着ているが、膝上のタイトスカートでしかもサイドにスリットの入ったものを穿いているから、おそらく、太腿が少しのぞいてしまっているのだろう。

（鶴田さんも、こういうところがあるんだわ……）

これまで、エッチ関係にはいっさい興味がない人だと思っていたので、それが新鮮でもあった。

（いいわ……こうしたら、どうかしら？）

塔子は話しながら、自然な感じで、足を組んだ。

右の膝を上にあげている。スカートは右側にスリットがあるから、おそらく、太腿がかなり際どいところまで見えているだろう。

鶴田はうんうんとうなずいているが、その視線が時々、塔子の太腿あたりに落ちるのを、見逃さなかった。

（えっ……？）

塔子は自分の目を疑った。

大きく足を開いた鶴田の、ズボンの股間が明らかにテントを張っていたからだ。

（鶴田さん、わたしに発情してくれているんだわ）

こんなことは今までなかったので、塔子はうれしかった。それに、下腹部が熱くなってきていた。

会社のことを話しながら、重なった太腿をぎゅうとよじり合わせ、腰を少し後ろに引くと、下腹部がジンと疼いた。

（こんなことをして、呆れられてしまうんじゃないかしら？）

だが、塔子の女の部分がそんな理性を隅に追いやった。

塔子は右手を下腹部に置いた。よじり合わせた太腿の重なる部分を手に体重をかけて、上から押さえつけた。

するとジンとした疼きが強い快感に育っていき、話が途切れそうになる。

「……で、ですから……」

ちらっと前を見ると、鶴田のズボンの股間はさっきより明らかに持ちあがっていた。

(ああ、やはり、鶴田さんも……)

一瞬だが、鶴田の前にひざまずいて、エレクトしているものをおしゃぶりしたい、と願い、あわててそれを打ち消した。

「ですから、正直なところ、う、うちはかなり苦戦しています……。御社の仕事が減ったら、うちは危ないかもしれません」

どうにかごまかして、話を打ち切った。

鶴田はうなずいて、足を組んだ。おそらく勃起を隠したいのだろう。それから、急に真面目な顔になって言った。

「そうじゃないかと思っていた。だが、その危機を乗り切る方法がひとつある」

「何でしょうか？」

塔子はモードを切り換え、組んでいた足を解いて、身を乗り出す。

「きみのところは『ジャパン添乗員協会』に入っているな？」

「はい、もちろん、入会させてもらっています」

協会は添乗員派遣会社のほとんどが入会し、大手の旅行会社も支援している、いわば、派遣添乗員のとりまとめ的な組織だった。

「あそこは、毎年、優秀な派遣会社を選んで、賞を与えている」

「はい、それも知っています」

「じつは、覆面調査員を密かにツアーに紛れ込ませて、その調査をもとに受賞会社を決めているんだが……」

鶴田は言葉を切って、じっと塔子を見た。

「な、何でしょうか？」

「入るぞ、今度」

「えっ……？」

「今度、うちの一泊二日の函館《はこだて》ツアーがあるだろ？　きみのところに、添乗を頼んだ」

「……はい」

「これは本来なら公言してはいけないことなんだが……。そのツアーに、来るぞ。

覆面調査員が」

塔子はびっくりしすぎて、言葉が出ない。

「なぜ、きみに伝えたか、わかるか？」

「いえ……」

「協会賞を取ってほしいからだよ。査察は一回きりではないようだが、しかし、今度の函館ツアーで、素晴らしい添乗ぶりを見せれば、受賞に繫がる。なぜこんなことを伝えたかというとだな……これまでも潰れそうだった派遣会社が、協会賞を受賞して息を吹き返した例がたくさんあるからだ。きみのところも大いに可能性があると思ってね……あらかじめ、どのツアーに査察が入るかわかっていれば、対策も練れるだろう。今日はそれを伝えたかったんだ」

「あ、ありがとうございます」

塔子は深々と頭をさげた。

確かに、協会賞を取ることは、会社を立て直すための大きな一歩となる。

そして、鶴田は本来なら、教えてはいけないことを伝えてくれているのだ。

「ありがとうございます。全力を尽くします……でも、そんな大切なことをなぜ、わたしなんかに？」

「……さあ、なぜだろうね？　自分でもよくわからん」

そう言って、鶴田はまた足を開いた。

肘かけ椅子に深く座り、股を大きくひろげた。その目が、塔子の顔と膝の間を行き来するのを見て、鶴田の願望がわかった。

塔子は少しずつ足をひろげていく。

膝が開いていくにつれて、鶴田の視線が膝の奥へと注がれる。じっと目線を太腿の奥へと張りつかせている。

自分でもどうしてこんな大胆なことができるのか、はっきりしない。情報を教えてくれたことへの感謝？　持て余している性欲の発露？　あるいは鶴田への恋愛感情……？

わからない。様々な感情がからみあっていた。ただ、恩人でもある男を誘惑したい、あそこを見せてあげたい、戸惑いながらも昂奮する鶴田を見てみたい、という気持ちが確かにあった。

（ああ、見てるわ……常務がわたしを）

今や、塔子の足は六十度ほどにも開いている。

スリットの入ったスカートがはだけている。きっと、パンティストッキングに包まれたシルバーのパンティが見えていることだろう。

そして、鶴田は昂奮している。それは、大きく開いた足の間のイチモツがズボンの股間を突きあげていることでわかる。

（いいわ、もっと見て……）

塔子は片足をソファに乗せた。そして、スカートをまくりあげながら、その足を横に倒した。

ナチュラルカラーのパンティストッキングを通して、シルバーパンティがのぞいているのがわかる。

塔子は静かに右手をスカートのなかへと持っていき、横にひろがった太腿をなぞった。丸みに沿って撫でながら、もう一方の足も開いたり閉じたりする。

すると、それを見ていた鶴田が、股間のものをさすりはじめた。

鶴田はもう塔子の顔を見ようともせず、しかめっ面をして、ズボンの上からそれを握った。腰を前に出して、顔の位置を低くした。

（ああ、もっと奥が見たいんだわ）

塔子は右手を股間に添えて、恥ずかしいところをなぞった。中指を躍らせて、パンティストッキング越しに柔肉を縦にさする。

すると、これまで感じたことのない、震えるような快美感が湧きあがって、

「うっ」と声を洩らしながら、のけぞっていた。

鶴田がズボンのファスナーをおろし、ブリーフからそれを取り出した。

（すごい……！）

赤銅色《しゃくどういろ》にテカる肉の茎が、柱のようにそそりたっていた。

ひさしぶりに目にする男根に、下腹部がきゅんと疼き、息苦しくなった。

鶴田がそれをゆっくりとしごきはじめた。

そこで、塔子は目線をあげて、鶴田を正面から見た。

鶴田もそれに気づいて、塔子を見つめてくる。視線と視線がからみあった。

塔子は表情を変えない。鶴田もただじっと塔子を見つめている。

しかし、その手は動いている。いきりたっているものを激しくしごいている。

そして、塔子も女の花芯をさすりつづけている。

（ああ、もうダメっ……）

腰が蕩けていくような快感がひろがってきて、塔子は目を細める。狭まった視界のなかで、鶴田の指がイチモツを強く擦っているのが見える。

「ぁああ……ぁうぅぅ……」

恥ずかしい声が洩れて、塔子は左手の甲を口に当てて、押さえ込む。しかし、声を必死に嚙み殺していると、その分、快感が高まっていく。

「くっ……くっ……」

塔子は我慢できなくなって、パンティストッキングの上端から右手をなかにすべり込ませた。

パンティもその内側も、恥ずかしいほどにぐっちょりと濡れていた。

(ああ、わたし、何をしてるの?)

そう思ったのも一瞬で、すぐにうねりあがる快感に押し流されていく。

鶴田が肉棹をしごくところを見ながら、塔子は中指を沈み込ませた。ぬるりっと嵌まり込んでいき、

「ぁうぅぅ……!」

顔が撥ねあがった。

抜き差しすると、ぐちゅぐちゅと卑猥な音がする。おそらく、この音は鶴田にも聞こえているだろう。

「くっ……くっ……!」

左手の甲を口に当てながら、中指を出し入れする。ぐっと快感が込みあげてき

て、足を開いたり閉じたりしてしまう。

今、鶴田には自分がどんなふうに見えているだろうか？　はしたなく足を開き、指を膣に押し込んで、いやらしい音を立てながら、喘いでいる。

（ああ、恥ずかしい……！）

だが、その焼けつくような羞恥が、塔子をいっそう昂らせる。

鶴田の指の動きが激しくなった。

「ううっ……おおっ！」

鶴田が呻く。

（ああ、出すんだわ。ぁああ、わたしも……わたしも！）

熱さの塊が身体を満たした。

「あっ……あっ……ぁあああ、イク、わたし、イキますぅ」

思わず口に出して、膣を掻きむしった。次の瞬間、

「おおぅ、くっ……！」

鶴田が唸った。猛りたつものの先から、白濁液がほとばしって、自分に向かってくる。

「ああ、鶴田さん……ぁあああぁぁぁ、くっ！」

塔子も昇りつめた。

身体が裏返るような快感に、びくっ、びくんと腰が震え、足が突っ張ってしまう。

エクスタシーの波が去って、ハッと我に返った。

急に恥ずかしくなって、身繕いをととのえた。しかし、栗の花の匂いが周囲に立ち込めている。

鶴田が肘かけ椅子でぐったりとしているのを見て、塔子は床に付着している白濁液をハンカチで拭《ぬぐ》った。

2

函館ツアーが行なわれたその日、塔子は朝の飛行機で、ツアー客とともに函館空港に到着し、現地のバス会社のバスで、まずはトラピスチヌ修道院に向かっていた。

このツアーに協会の査察が入ることを社員に告げたところ、ならば、塔子さんが行くべきだ、と勧められ、塔子は自ら添乗員をすることを決意した。

　それから、函館のことを調べ尽くし、このツアーのために万全の準備をしてきた。

　鶴田のせっかくの厚意を無にすることは絶対にできなかった。

　バスガイドはついていないので、塔子がガイド役をしなければいけない。そのために、みっちりと函館のことを学習し、社員の前でリハーサルもしてきた。

　マイクを握って、挨拶を済ませ、これから行く修道院のことを解説する。リハーサルをしたせいか、調子がいい。口がなめらかにまわるし、三十八名の乗客も話を真剣に聞いてくれている。

　ガイドをしながら、塔子は観察もしていた。

　このなかに確実に、協会の隠密調査員がいるのだ。

　まず、カップルや何名かで参加している者は除いていいだろう。単独で参加している者で、それらしい人をさがせばいい。

　鶴田から、調査員は何かあるといけないので、ほぼ男性に限られていると聞いていた。男性の単独参加者は三名。

　もっとも調査員の可能性が高いのは、菱沼啓太郎《ひしぬまけいたろう》と言う五十三歳の男性だ。

長袖のポロシャツを着て、メガネをかけているのだが、レンズの底の目は抜け目なく周囲を観察している。時折笑顔を見せるのだが、その作ったような笑顔がどうも臭い。

他の二人は、ひとりが六十五歳のいかにも人のやさしそうな紳士で、この人はとにかく旅が好きで、退職してからよくひとり旅をするのだと言っていた。

もうひとりは若く、三十歳で、作家のタマゴだと言っていた。興味がある土地に旅をして、題材をさがしているのだと。

菱沼が隠密調査員である確率は高いが、もちろん、確信はない。向こうから話しかけてくれないので、素性をさぐることもできない。

しかし、彼は要注意人物だ。

トラピスチヌ修道院の美しい西欧的な建物と広く緑の多い敷地を、解説を交えて、案内した。

と、その途中でいきなり、菱沼が訊いてきた。

「添乗員さんは、今、ここの修道女たちは基本的に外出しないと言っていたけど、ほんとうなのか？　ずっと、ここで暮らしているのか？」

来た、と思った。

やはり彼が調査員で、難しい質問をして、塔子を試しているのだろう。

「基本的にここのなかだけで、生活しておられます。自給自足です。ただ、彼女たちの外出が、唯一許されるときがあります。それは……選挙のときです。みなさん、投票なさるんです」

勉強しておいてよかった。そのことを告げると、ツアー客たちがどっと沸いた。菱沼もうなずいているから、塔子は試験にパスしたのだろう。まずは第一関門突破というところだ。

ほっと胸を撫でおろし、修道院のショップを紹介した。菱沼が近づいてきて、

「あなたは、こういうショップをどう思うかね？」

と、訊いてきた。

イエス・キリストに身を捧げ、聖母マリアを理想とする身分でも、やはり食べていかなければいけない。そのために、ここの修道女たちは自分たちの手でチョコレートやクッキーを作り、それを観光客に販売することでお金を得ている。

こういう巧妙なシステムを考えた人は、天才だと思う。

「やはり、商才に長《た》けている人がいないと、宗教関係の施設は維持できないのではないでしょうか？」

思っていたことを述べると、

「なるほど、確かに。私もそう思うよ。しかし、あれだな。そう感じるということも、きみもしたたかだってことだな」

菱沼が言うので、こう答えた。

「いえ、わたしなんか全然ダメです。そのしたたかさがないから、逆にそれに惹《ひ》かれるんです」

「……きみは美人だし、頭も切れるね。添乗員にしておくにはもったいないよ」

菱沼がメガネの奥の目を三日月のようにして、にやっとした。

(どういうつもりなの？)

調査員がこんなことを言うだろうか？　いや、添乗員に詳しいからこそ、言えるのかもしれない。きっと、そうだ。

「あ、あの……そろそろ時間ですので……」

「ああ、そうだったな」

菱沼が去っていく。その背中を見て、絶対にこの人が調査員だと確信した。

その日は、すべてが上手く進んでいた。

赤レンガ倉庫街の散策後の、今日のメインイベントである、ロープウェイで函館山に昇っての、夜景見学も問題なく終わった。

見えない時が多い『百万ドルの夜景』がいつになくはっきりと見えて、何度もここを訪れたことのある客も、『今日がいちばんだった。添乗員さんの日頃の行いがいいからだよ』などと喜んでくれた。

だが、最後の夕食時に、まさかの落とし穴が待っていた。

今回はお店での『海鮮土鍋蒸し』の献立だった。それを食べているときに、菱沼をはじめとする数人が、熱い湯気を浴びて、かるい火傷《やけど》をしてしまったのだ。

まさか、蒸籠《せいろう》を開ける人はいないだろうとタカをくっていたので、塔子は注意をしなかった。

結果的には、それがいけなかったのだろう。

大したことはないと言うので、病院には連れていかなかった。それでも、旅が一気に暗い雰囲気に変わってしまった。

落ち込む塔子に、『あんたのせいじゃないよ』と慰めてくれる客もいたが、しかし、この責任のいったんは旅の監督者である添乗員にもある。

しかも、そのひとりに運悪く、菱沼が入っていたのだ。

(終わった……)

塔子は打ちのめされた。

せっかく情報をくれた鶴田の期待に、応えることができなかった。

宿泊予定のホテルに到着して、部屋で休んでいる間も、塔子は気持ちが晴れなかった。

(調査員とか関係なしに、みなさんに謝りに行こう。それが添乗員の務めだわ)

塔子は部屋を出て、三人の部屋をまわる。二人の部屋に行って、心から謝罪し、怪我の様子を確かめた。幸いにして、二人は回復していた。

最後に、菱沼の部屋に向かった。

あらかじめ連絡をしてあった。ノックをして入っていくと、浴衣を着た菱沼が、机の前に座っていた。机にはノートパソコンが開いてあり、

(ああ、きっと今日の報告を書いているんだわ)

塔子は絶望的な気持ちになった。

それを隠して、今日のことを心から謝り、怪我の具合を訊ねた。

菱沼の怒りはまだおさまっていないようだった。

「まだ顔がヒリヒリするよ。お蔭で、温泉にも満足につかれなかった」

立ちあがって、塔子に怒りを向ける。

「すみません。わたしのミスです。食事の前に、注意をうながせばよかったんです」

塔子は深々と頭をさげた。

「そもそもあの料理の危険性を把握できていたのかね？」

「……一応は」

「じゃあ、完全にきみのミスだ。残念だよ」

こんな言い方をするのだから、やはり、この人が協会の覆面調査員に違いない。

「期待に応えられなくて、申し訳ありません」

「……いや、まだそうと決まったわけではないさ」

「えっ……？」

「服を脱ぎなさい」

菱沼がまさかのことを言う。

「きみは、今、私の期待に応えられなくて、申し訳ないと言ったが、まだチャンスはあるということだ。服を脱ぎなさい。それが、私の期待に応えることだ」

菱沼がメガネの奥の細い目を光らせる。

塔子は拳をぎゅっと握りしめた。

自分の優位性を利用して、抗《あらが》えない者を貶《おとし》めようとする。自分の好きなようにしようとする。完全なパワハラである。

しかし――。

今ここで、怒りを爆発させれば、うちの会社は、協会賞は絶対に取れなくなる。今のところ、他に自社を回復させる手だては思いつかない。それに、せっかくの鶴田の厚意を無にしてしまう。

それだけは避けたい。鶴田の期待に応えたい。

「脱げば、いいんですか?」

「ああ、そうだ」

塔子は悔しさを内に秘めて、着ていたスーツに手をかける。ジャケットを脱ぎ、スカートに手をかける。

スカートをおろすと、パンティストッキングに包まれた下半身が現れ、紺色に白い刺しゅうの入ったパンティが透けでてしまっているのが、恥ずかしい。

それを押し殺して、ブラウスのボタンをひとつ、またひとつと外していき、肩からすべり落とした。

紺色のブラジャーが現れ、胸のふくらみを両手で隠した。

「いい身体をしているじゃないか。きりっとした美人で、頭も切れるし、身体もいい。まったく、添乗員にしておくのはもったいないな。もっとも、きみは添乗員派遣会社の代表をしているらしいがね……さっき、調べさせてもらったよ。いいねえ、社長さんの裸を拝めるとは」

ベッドに座った菱沼が、にやりと口角を吊りあげた。

菱沼が怖くなった。同時に、社長のくせに裸になろうとしている自分が恥ずかしくなった。しかし、拒めない。拒んだら、終わりだ。

「社長さん、下着もだ。ブラもパンティも全部だ。できないなら……」

「わかりました」

塔子は怒りを抑えて、ブラジャーを外し、乳房を手で隠しながら、パンティストッキングとパンティを脱ぐ。

胸と股間を隠して、おずおずと菱沼を見た。

「じつに、素晴らしい身体をしている。さすが、三十歳の人妻さんだ。いい具合に肉がついている……。ベッドにあがって、オナニーするところを見せなさい」

菱沼がまさかのことを、平然と言う。

「やるんだ。しないなら……」

「わ、わかりました」

塔子はセミダブルのベッドにあがり、ヘッドボードを背にして、上体を立てて足を伸ばした。

片膝を立てて、胸を手で覆って、ちらりと菱沼を見る。

菱沼はベッドに腰かけて、やれとせかしてくる。

激しい羞恥に焼かれながら、塔子は目を閉じて、おずおずと胸を揉んだ。

(わたし、何をしているの?)

男の力に屈して、とんでもないことをしている自分がいやになる。しかし、これも、会社のためだ。今、会社を潰しては、一生懸命に働いてくれている社員たちに申し訳ない——。

目を閉じて、自分の世界に埋没しようとする。なかなかできない。

それでも、乳首に触れたとき、思ってもみなかった快美感の電流が走って、それが、塔子の強い自意識を奪ってくれる。

(ここには誰もいないのよ……自分だけ。誰もいない……)

自分に言い聞かせて、乳首に触れていると、そこがどんどん硬く、尖ってくるのがわかる。それにつれて、無意識のうちに膝を開いたり、閉じたりしていた。

ぎゅうと太腿をよじり合わせると、あそこが刺激を受けて、ジンとした熱さが育っていく。

右の次は左と、乳首をかわいがった。いつもオナニーするときのやり方で、かるくつまみあげるようにし、いっそうしこってきた乳首の側面をなぞった。

ここが、感じる。

指の内側で左右の側面をこねると、快感が子宮を疼かせる。

「ぁあああ……」

恥ずかしい声が洩れてしまう。

嚙み殺して、乳首を左右にねじった。そうしながら、右手を下腹部へとおろしていく。

纖毛《せんもう》の途切れるところが、愛蜜を吐き出しているのを知って、驚いた。

(わたし、昂奮しているの？)

常務室での鶴田との痴技を思い出した。あのときもそうだった。

(もしかして、男に見られると……？)

そうは思いたくはない。しかし、中指で割れ目をスッ、スッとさすると、腰が撥ねるような快美感が起こって、

「くっ……!」

洩れそうになる声を、必死に押し殺した。

しかし、指が勝手に動きだした。

しこり勃った乳首を愛撫しながら、狭間をなぞった。どんどん恥ずかしい蜜があふれてくる。

ぬるぬるになったそこをかるく触れるだけで、びくっ、びくんっと腰が躍りあがってしまう。

気配を感じて、目を開けると、いつの間にか、菱沼がベッドにあがって、足のほうから塔子の恥肉をぎらついた目で見つめている。

「ああ、やめてください……」

「そうか？　きみは男に見られて、欲情しているだろう？　そうでなければ、こんなに濡れるわけがない」

菱沼がにやっとする。浴衣の前を割って、日本刀のような長い砲身がそそりたっていた。

「これを使いなさい」

菱沼が見せたものを見て、ハッとした。

それは、どの部屋にも飾ってあった民芸品のコケシだった。木製でかわいいオカッパの女の子の丸い顔があって、そこから、細長い流線型の胴体が伸びている。明らかに男の勃起よりも大きい。

(あれを、入れるの……?)

塔子は眉根《まゆね》を寄せた。

菱沼が人形に透明なスキンをかぶせて、手渡してくる。

コケシを持った。想像以上に重量がある。

塔子は、いやです、と首を左右に振った。

「やるんだ。ここまでしたんだ。やらないと損をするのは、きみだぞ」

菱沼が言う。

「……………」

塔子はじっと菱沼を見た。

それから、心を決めて、コケシをおずおずと狭間に押し当てた。

両手で持って上下になぞると、ネチッ、ネチッと恥ずかしい音がした。だが、これが欲しい、と子宮がせがんでいる。

目を閉じて、丸い頭部を膣口に押しつけた。大きい。

（無理よ、無理……）

しかし、やらないといけない。

膣口に当てて、そこをほぐすように少し動かした。頭部を蜜で濡らしておいて、力を込めた。

「ぁあああ……無理！」

思わず訴えていた。

歯を食いしばりつつも、胴体を握る手に力を入れた。それが膣口を押し広げていくつらさと快感がないまぜになる。

コケシをまわしながら、思い切って押し込んだ。

すると、丸い頭部がぐぐっと膣をひろげながら、なかへとすべり込んできた。

「あぐっ……！」

これまで受け入れたことのない大きさのものが押し入ってきて、自然に身体がのけぞってしまう。

「ぁあああ、ぁあああ」

声をあげながら、コケシを出し入れしていた。

自分がしていることが恥ずかしい。だが、もう止まらない。

菱沼が近づいてきた。

ベッドに上体を立てて座っている塔子をまたぐようにして、正面から屹立を口許に突きつけてきた。

「何をするべきかは、わかっているだろう？　大丈夫だ。これで、今日のミスは忘れてやる」

「ほんとうですね？」

「ああ、約束する」

塔子はおずおずと口を開けて、茜色にテカる頭部を頬張っていく。

塔子は口が小さいせいから、フェラチオが苦手だ。大きく開けなくてはいけないので、顎の関節が疲れてしまう。だが、今はそんなこと言っていられない。

ゆったりと顔を振ると、反り返ったものが入ってきて、被虐的な感覚が押し寄せてくる。

菱沼が自ら腰を振りはじめた。腰を前後に動かしながら、言った。

「きみは、コケシに集中しなさい。気を遣っていいから」

塔子はちらっと上目づかいに菱沼を見た。それから、ゆっくりとコケシを出し入れする。

大きくて硬いものが、体内を擦ってくる。

そして、口を男のナマの怒張で犯されている。

とても、社長がやることではない。しかし、その貶められたような、自らを穢《けが》しているような屈辱感がどこか心地よいのだ。

「ううっ……ううっ……」

塔子は口腔にイチモツを押し込まれ、自らコケシを体内に出し入れしながら、急激に高まっていく。

（ああ、もうどうなったっていいわ……昇りつめたい。自分を忘れたい。何もかも忘れて、自由になりたい）

コケンが愛蜜で濡れている。次第に深いところにコケシの頭部を潜り込ませる。子宮口をぐりぐりとこねると、抜き差しならない快美感が込みあげてきた。

（ああ、あああ……気持ちいい……イクわ。わたし、イク……イクのよ！）

ぐいとコケシを押し込んだとき、峻烈なパルスが身体を貫いた。

「うぐっ……ぐっ、ぐっ……！」

肉棹を頰張ったまま、がくん、がくんと痙攣している。

すべてが脳裏から消えて、目眩《めくるめ》くエクスタシーが体内を満たした。

一陣の嵐が通りすぎると、菱沼がようやくイチモツを口から抜いた。

3

塔子はがっくりと、ベッドに伏せていた。

一度気を遣ったものの、その残滓《ざんし》があるのか、時々、身体がひくっ、ひくっと痙攣してしまう。

恥ずかしくてしょうがない。自己嫌悪もある。しかし、身体が気持ちを裏切ってしまっている。

(自分にはこんなM的なところがあったのだろうか?)

これまでつきあってきた男も夫も、セックスの巧拙はあったものの、基本的にやさしかった。菱沼のような男は初めてだった。

戸惑いのなかにたゆたっているとき、いきなり、フラッシュが光った。

ハッとして顔をあげると、菱沼が一眼レフのデジタルカメラをかまえて、シャターを切っていた。

「いや……!」

塔子は顔を伏せて、身体を隠した。

「大丈夫だ。後できっちり消してやるから。心配するな。ハメ撮りしたいだけだから」

「信じられません！」

「ウソじゃない。きっちり消去するから。それに、今、きみは恥ずかしい写真を撮られたぞ。ほら……」

菱沼がデジタルカメラの画像を見せた。そこには、目をつむってぐったりと横たわっている塔子の姿が映っていた。しかも、股間にはいまだに深々とコケシが嵌まり込んでいる。

「あっ……！」

コケシを抜こうとしたその手を、菱沼が止めた。

「ダメだ。抜くな。写真を撮らせてくれ。外すのはその後だ」

そう言って、菱沼は塔子の足を開いた。

「いやですっ！」

「信用しろ。データは消してやる。撮らせてくれ。残すつもりなどない。撮らせてくれ……足をひろげて、コケシを握れ。いかにも抜き差ししているみたいに」

菱沼はベッドにあがって、片膝を突き、カメラのレンズを塔子に向けている。

その強い欲求に、塔子は負けた。

「……約束ですよ」

「ああ」

「後で、わたしが消しますよ」

「それでいい」

塔子は両膝を立てて開き、太腿の奥から顔を出しているコケシを握った。そして、静かに抜き差しをする。

ぐちゅ、ぐちゅっといやらしい音がして、シャッター音とともにフラッシュが光る。

「ぁあああ、いやあああ……」

目を閉じても、瞼の裏で白い光りが爆ぜつづけている。

「ああぁ、あああ……」

自らコケシを動かしていた。浅いところを、コケシの球体に近い頭で擦りつけると、抜き差しならない快感がうねりあがってくる。

「ふふっ、腰が動いてるじゃないか。社長さんの腰はいやらしいねぇ。その腰はあんたそのものだな。あんた、ほんとうはすごくインランだろう？　それとも、最近ダンナとしていなくて、ウズウズしてるのか？　コケシはもういい」

コケシがあっけなく抜き取られていく。

直後にシャッター音がして、フラッシュが光った。

「すごいな。オマ×コが開いたままだぞ。中味が丸見えだ。鮮やかな赤だな。よく脂の乗ったトロだな。ぐちゅぐちゅじゃないか」

菱沼の声が、ストロークの一撃のように、突き刺さってくる。

「ぁああ、許して……もう、許してください」

「ダメだ。指でそこをひろげろ。やるんだ！」

もう理性がクラッシュしていた。

塔子はおずおずと指を陰唇に当てて、ひろげていた。

開いた恥肉に向かって、フラッシュが爆ぜ、シャッターが切られる。

「あっ……あっ……ぁあああぁぁぁ！」

塔子はのけぞりながら、がくん、がくんと腰を揺らめかせる。シャッター音で、あそこを犯されている感じだ。

フラッシュの光が、ひろげた陰部の奥深くまで入ってきて、子宮口を照らしだしている。

触れられてもいないのに、まるで肉棹を打ち込まれているようで、なかの粘膜がエクスタシーを求めて、ざわざわとうごめいている。

「欲しくなったか？　本物のチンコを入れてほしいか？」

菱沼の声がする。悪魔の囁きだった。

「はい……入れてください。ぁあああ、欲しいんです」

「もっと腰を振れ。くださいという気持ちを出せ」

「……ぁああ、ぁあああ……」

塔子は陰唇に両手の指を添えてひろげたまま、腰を浮かす。ブリッジしながら腰を縦に振り、横に揺らす。

（これ以上、恥をかかせないで。早く、仕留めて。ぁあああぁぁ！）

腰をぎりぎりまで浮かしたそのとき、菱沼が近づいてきた。すぐに、男のシンボルが押し込まれる。長く反り返ったものが入ってきたとき、

「ぁあ……！」

塔子の身体を芳烈な悦びが貫いた。

菱沼は、塔子の浮きあがった腰を手でつかんで、引き寄せながら打ち込んでく

る。

もう、撮影のことなど頭から飛んでしまったのか、カメラは横に置き、両手で腰をつかんで、つづけざまに怒張を叩きつけてくる。

「あん、あん、ぁあん……」

塔子は両手を頭上にあげ、顔を横向けて、悦びの声を放っていた。

やはり、コケシよりも、本物がいい。温かいし、柔らかみがあり、その血が通っている感じに親しみが湧く。

「おおぅ、たまらんよ。きみは……美人社長のくせに、オマ×コ、とろとろにして。こんなきれいなのに、淫蕩な娼婦め。きみはツアー客の誰とでも寝るんだろう？」

打ち込みながら、菱沼が言う。

「ち、違います。こんなこと、初めてです」

「そうかな？」

「ほんとうです」

「ふふっ、いいねえ。その真剣に否定する顔もたまらんよ」

菱沼は腰を離して、脇に置いてあった一眼レフをまたかまえた。

「ああ、やめて……！」

塔子はとっさに顔を手で隠した。

「そうら、これでどうだ」

菱沼がすごい勢いで突いてきた。長い肉棹が奥まで届き、その衝撃で乳房がぶるん、ぶるんと揺れてしまう。

「うん、うん、ぁあん……！」

顔を隠していた手が自然に離れて、その手でシーツを鷲づかみにしていた。

あらわになった顔面めがけて、フラッシュがたかれる。

「ああ、撮らないで！」

「撮れてるぞ。佐々木塔子がオマ×コを突き刺されて喘いでいる。ツアー客のなかにもきみのファンはいるだろう？　見せてやりたいな。そのファンに。あんたの夜の顔を」

そう言って、菱沼は片手で片方の足をつかんだ。膝裏をつかんで押しながら開かせ、上からカメラをかまえる。

そして、思い切り怒張を叩きつけながら、連写する。

カシャ、カシャ、カシャ――。

連写音が響き、それが塔子にはストロークを打ち込まれているようにも感じてしまうのだ。

「撮らないでぇ……ぁああ、ぁあああああ……」

身体がいっぱいにふくらみ、頭の芯が蕩けていくような衝撃が押しあがってきて、もうどうしようもなくなった。

「おおぅ、出すぞ。出す！」

「ぁああ、いやぁああ……」

塔子が昇りつめる寸前に、菱沼が肉棹を抜いて、腹にかけてきた。

イキかけてイクことができずに、塔子は温かい精液を浴びながら、腰を揺すっていた。

（もっと、もっと……！）

4

塔子は、菱沼の部屋にあった浴衣をはおって、風呂に向かっていた。すぐ前には、菱沼が悠々と歩いている。

『きみも汗をかいただろう。せっかくだから、温泉に入ろう』

そう言われたときは、この男にもやさしいところがあるのだと思った。しかし、露天風呂の入口で、菱沼が言った。

「ここは男風呂だが、混浴でもある。一緒に入ろうか」

「えっ……無理です」

「平気だよ。こんな遅くに、露天風呂に入るやつなんかいないさ」

「でも……」

「いいから。きみは私の言うことを聞いたほうがいい」

そう言われると、断れなかった。

脱衣所で浴衣を脱ぎ、タオルで前を隠して、菱沼とともに入っていく。

と、岩風呂の湯けむりの向こうに、男女が見える。一組のカップルがお湯につかっていて、四人は驚く。このホテルには貸切風呂がないから、おそらく、恋人同士で一緒に風呂につかりたくて、ここに来たのだろう。

幸いにして、カップルは塔子の添乗しているツアーの客ではないから、ホッと胸を撫でおろす。

どうするの？　と菱沼を見た。菱沼がうなずいて、カランでかけ湯をするのを見て、塔子も同じようにしゃがんで、かけ湯をする。

タオルで前を隠して、岩風呂につかると、菱沼がすぐ隣に腰をおろした。

天井には屋根がついていて、雨に濡れないようになっているが、囲いの上には満天の星をたたえた夜空が見える。上弦の月も浮かんでいて、カップルで入るには絶好だった。

ほぼ正面にいる二人は若く、おそらく二十代前半だろう。美男美女の羨ましいようなカップルだ。

女が男の耳元で何か囁き、男がうなずいて、にやっとした。何を言ったのだろう？　もしかして、塔子と菱沼の年齢がかけ離れているから、そのことについて揶揄《やゆ》をしたのかもしれない。『愛人』、『不倫』……？

塔子は羞恥に身を焼かれて、うつむく。

と、菱沼の手が胸に伸びてきた。

塔子の半分お湯に隠れた乳房をつかんで、大胆に揉みしだいてくる。

「ちょっと……」

正面の二人を意識して、その手を外そうとする。

しかし、菱沼はますます大胆に乳房を揉み、さらに、乳首をつまんで転がすようなことをする。

「くっ……イケません」

菱沼の手を押さえて、前を見る。二人はギョッとしたように目を見開いている。

「ダメです。やめてください」

菱沼の耳元で訴えた。しかし、菱沼はいっこうにやめようとはせずに、徐々に激しく乳房を揉み、そして、乳首を指でつまんで、明らかにそれとわかる状態でくりくりとこねる。

「いけません……」

塔子は訴えた。しかし、その声がすでに掠《かす》れてしまっている。

さっきはイキそうでイケなかった。そのオキビがまだ下腹部でくすぶっていて、敏感な乳首をいじられると、燃え盛って、炎となって塔子の身体を焼こうとする。

（ダメよ、ダメ……あんな若いカップルが見ているのに……感じたら、恥ずかしい。恥ずかしすぎる……ぁあああ、でも、でもダメっ……）

塔子は「あうぅぅ」と喘ぎ、手の甲を噛んで声を抑える。

前を見た。女の子が立ち去ろうとして、それを男が引き止める。

ふたたび腰をおろした若い女の乳房を揉みながら、男が耳元で囁きかけている。

女の子は、いやいやをするように首を振ったが、恥ずかしそうにうつむいて、ビクッ、ビクッと肩を震わせている。

恋人に乳首にしゃぶりつかれ、「ぁああっ」と女が声を洩らし、それを恥じるように手のひらで口を押さえた。

イケメンに乳首をちろちろと舌であやされて、

「いやっ、コウジ、ダメよ」

「いいんだよ、ルミ。向こうだってしてるんだから。こっちも負けずに見せてやろうぜ」

コウジが大胆不敵なことを言って、また乳首にしゃぶりつく。

「ああん、ダメだって……ダメ、ダメ、それダメ……ああああぁぁ」

ルミが大きな声をあげた。

それを見ていた菱沼がにやっとした。メガネを外すと、がらっと雰囲気が変わって、それなりに男らしい顔つきに変わった。

菱沼が後ろにまわり、乳房を荒々しく揉みしだき、もう一方の手で太腿の奥をまさぐりはじめた。

（やめて……！）

こんなことは初めての体験であり、また、人から聞いたこともない。

だが、いまだ濡れているだろう花肉をお湯のなかでいじられ、クリトリスをまわし揉みされ、同時に、乳首を指でこねられると、抗しがたい歓喜がうねりあがってきた。

すでに自分が調査員を懐柔しようとしているとか、そんな意識は薄くなっていた。

（わたし、こういう女だったんだわ……）

「ぁああ、ぁああ……」

抑えきれない声があふれ、腰をまわして、お尻を菱沼の股間に擦りつけていた。

そのとき、「んっ、んっ、んっ」という女の呻きが聞こえてきて、ハッと顔をあげると――。

白い湯けむりの向こうで、ルミがコウジの勃起を頬張っていた。

岩に腰かけたコウジの前に、ルミがしゃがんで、そそりたっているものに唇をすべらせている。

（ああん、信じられない……！）

ジンと下腹部が痺れて、腰がくなっと動いた。

「きみも、しゃぶりたいかね？」

菱沼が後ろから、塔子の口腔に二本の指を押し込んできたので、そこに舌をからませていた。他人のフェラチオシーンを見ながら、口のなかをまさぐられると、被虐的な悦びがうねりあがってきた。

指を唾液でまぶし、音を立ててしゃぶり、

「これを、おしゃぶりしたいわ」

小声で言って、後ろ手に菱沼の勃起を握った。

「いいだろう。こっちがいいかな」

菱沼は塔子を立たせて、カップルに近づき、隣の岩に座って、足を開いて言った。

「頼むよ」

塔子はためらった。しかし、旅の恥はかき捨て、とも言う。

菱沼のそれもさっき射精したばかりだと言うのに、雄々しくいきりたっている。五十三歳でこの元気さ……。

塔子は隣を意識しながら、肉棹の裏筋を舐めあげ、それから、姿勢を低くして皺袋にも舌を這わせる。

普通こんなことしない。隣の若い女に、絶対に負けたくなかった。昔から、負けん気だけは強かった。それが元で喧嘩になったこともあるが、その負けん気の強さが塔子を頑張らせる原動力にもなっていた。

いきりたつものを握りしごきながら、さらに顔を低くして、会陰部を舐める。睾丸袋からアヌスにかけての縫目を舌でなぞりながら、肉棹を握りしごく。

「おっ……ぁあああ、気持ちいいぞ。さすがだよ」

菱沼が褒めてくれる。

と、それを聞いて、鼓舞されたのだろう、ルミがぐっと肉棹を奥まで咥え込んで、ディープスロートをはじめた。

（あのくらい、わたしにもできるわ）

塔子は肉棹を上から頬張り、一気に根元まで受け入れる。柔らかい恥毛を感じながら、さらに、チューーッと吸い込んでやる。

切っ先が喉を突いて噎せそうになる。それをこらえて、ゆったりと顔を打ち振る。付け根から頭部まで満遍なく唇をすべらせながら、皺袋を手であやす。睾丸がなかで動いている。

「おおぅ……気持ちいいぞ」

菱沼が呻く。

そのとき、隣で動きがあった。

コウジが立ちあがり、ルミに両手を岩に突かせ、腰を後ろに引いた。それから、猛りたつ若い棹を尻の底に埋め込んでいく。

「ぁあぁ……！」

ルミが気持ち良さそうに顔を撥ねあげた。アイドルみたいなかわいく、ととのった顔をしているので、その横顔が美しい。

（わたしだって……！）

むらむらと競争心が湧いてきた。

塔子はフェラチオをやめて、隣の女のように岩に手を突いて、腰を後ろに突きだした。菱沼に後ろからズンッと貫かれて、

「ぁあぁ……！」

塔子は岩を引っ掻かんばかりにつかみ、顔を撥ねあげた。

欲しいところに欲しいものを打ち込まれた歓喜が、身体の隅々まで響きわたる。

「やああ、やあん、ぁあん……」

隣のルミが喘ぐ。ブリッコだが、なかなかかわいい。

「あん、あんっ、ああん……ああ、いいの……いいのよぉ」

塔子も負けじと、いい声で喘ぐ。

すると、ルミがさらに甲高い声で喘いだ。

「あん、あん、あん……いいよぉ、コウジのチンコが突き刺さってくる。オッキいのが突き刺さってくる……ああん、裂けちゃう！」

明らかに塔子を意識している。塔子も負けてはいられない。

「あん、あん、あん、ああああん……すごい、すごい……子宮に当たってる。突き破ってくる。お腹が破れて、お臍まで届いてる。ぁあああ、イキそう。わたし、感じやすいから、もう、イキそう」

相手の上に立つために、いつもは絶対に口にしないことを言う。

「おおぅ、私も出すぞ。きみのオマ×コは締まりが抜群だ。おおぅ、出すぞ。出す……！」

菱沼が言って、すごい勢いで打ち据えてくる。

「あんっ、あんっ、あんっ……ぁああ、イキそう」

塔子が言うと、隣のルミも負けず嫌いなのか、

「ぁあああ、ルミ、イッちゃう。コウジのチンコ、オッキいからすぐにイッちゃ

う。ぁあああああ、あんっ、あんっ、あんっ……」

喘ぎながら、がくん、がくんと裸身を痙攣させる。

(負けないわよ……！)

「あん、あんっ、ぁあああああ、イクわ、イク、イク、イッちゃう！」

最初は演技だったのに、途中からは本気だった。

菱沼が猛烈に叩きつけてきた。

「ぁああ、イクぅ……うっ、あっ、やぁああああぁぁぁぁぁ」

塔子は嬌声を張りあげる。

その声が夜空に吸い込まれていき、塔子のなかでエクスタシーの花火が打ちあがった。

「あっ……あっ……」

気を遣りながら、痙攣していた。

そのすぐ後で、ルミも絶頂の声をあげ、がくん、がくんと震えている。

自分がバラバラになるような強烈な絶頂感に、塔子は身体を支えていられなくなって、崩れ落ちた。お湯を呑みそうになって、あわてて顔だけをあげる。

しばらくそのままの姿勢でいると、向こうのカップルが湯船を出ていく気配がした。

翌日、ツアー一行は元町《もとまち》レトロ街の散策をし、五稜郭《ごりょうかく》を見学して、全行程を終えた。

函館空港にも無事に着いて、塔子はツアー客に帰りの航空券を渡した。これで塔子は添乗員としての仕事を終えたことになる。

ほっと胸を撫でおろしていた。

隠密調査員の菱沼を怒らせて、一時はどうなることかと絶望的な気持ちになったが、自らの肉体を差し出すことでどうにか許してもらえた。

露天風呂をあがってから、菱沼にはきっちりと写真のデータを消してもらった。それは塔子も確認したから、大丈夫だ。

今も、菱沼はにこにこして、恵比須顔だ。

(これで、協会賞の候補には残った……鶴田さんの期待にどうにか応えられた)

塔子は急に力が抜けて、空港ロビーのソファにへたり込む。

ツアー客である小平《こだいら》夫婦が塔子のもとにやってきた。

（何かしら？）

塔子が立ちあがると、

「きみの仕事ぶりは素晴らしかったよ。協会のほうには、いい報告をあげておくよ」

紳士然とした夫が言って、妻がうなずく。

（今、協会と言ったような……ということは、この人たちが覆面調査員？）

目を丸くしながらも、塔子は確認をする。

「ジャパン添乗員協会の方でしたか？」

「そうだ。もうツアーは終わったようなものだから、正体をばらしてもいいと思ってね。そう思わせるほどに、きみの添乗は素晴らしかった」

「そうよ。まさか、わたしたちが協会の調査員だとは思わなかったでしょ？」

メガネをかけた上品な妻が笑顔を弾けさせる。

「まったく、気づきませんでした」

「そうだろうね。わたしたちは実際の夫婦だからね」

「失礼はなかったでしょうか？」

「大丈夫よ。あなたの一生懸命さと勉強ぶりのわかるガイドは、お客さんに感動を与えたわ。これからも、この調子で頑張りなさいよ」

メガネの品のいい奥さんが、塔子の肩を叩いて、二人は去っていく。

(良かったわ、あんなにいい評価をしていただいて……だけど、じゃあ、菱沼って何者なの？)

彼は自分を協会の調査員と偽って、塔子を好きなようにした。

メラメラと怒りが込みあげてきた。頭に血が上ったまま、菱沼をさがした。

いた。向こうのソファに腰をおろして、ぼんやりしている。

塔子は近づいていって、問い質した。

「菱沼さん、あなたは協会の覆面調査員じゃなかったんですか？」

と、菱沼は顔をあげて、

「違うよ」

あっさりと言う。

「じゃあ……？」

「ああ、私はこういう者だ」

菱沼が差し出した名刺には、T旅行社・企画部長の肩書があって、菱沼の名前が記されてあった。

「T旅行社の方ですか？」

「ああ……じつは、うちも新しいツアー企画をいろいろと練っていてね。そのために、違うツアー会社のツアーにも参加して、参考にさせてもらっている」

「……騙《だま》したんですね。協会の覆面調査員のフリをして、わたしを騙したんだわ。最低です！」

塔子は怒りをあらわにする。

「いや、私は覆面調査員だなんて、一度も言っていないはずだ。きみが勝手に誤解しただけだ。そうじゃないかね？」

確かに、菱沼は自分の正体を明かすことはなかった。だが——。

「でも、そう匂わせることはしましたよね」

「してないよ。きみは私を詐欺師扱いするのか？　いいんだぞ、私を訴えてもいい。……ただし、そのときは、きみがツアー客を肉弾接待したことが白日の下にさらされるだろうがね。それでいいなら、どうぞ」

「もう、いいです。でも、一言だけは言わせてもらいます。最低の男！　馬に蹴られて死んでしまえ！」

塔子はなぜこんなチンプな言葉を口にしたのか、自分でも不思議だった。

しかし、少しは溜飲がさがった。
もちろん、しばらくはこの屈辱感はつづくだろうが。
塔子は菱沼と同じ空間にいるのがいやで、二階へとつづく階段を駆けあがっていった。

第四章　年下の男の子　玲菜

1

添乗の一日目が終わろうとしていたとき、三嶋玲菜は金沢《かなざわ》に向かうバスの車中の雰囲気がぎすぎすしていることに気づいた。

バスを利用しての世界遺産・白川郷《しらかわごう》と信州《しんしゅう》の古都・飛騨《ひだ》高山《たかやま》を巡り、金沢で一泊し、翌日は下呂《げろ》温泉《おんせん》に泊まるツアーだった。

社長の佐々木塔子には、今がうちの存続がかかった大事なときだと言われている。

幸いに社長が添乗をしたツアーでは、添乗員協会の覆面調査員に高評価されたらしい。我が社は今、添乗員協会賞を狙っている。したがって、このツアーの前には玲菜もやる気満々だった。

玲菜は、せっかくの美貌なのに、愛想がなく、とくに笑顔がないから、損をしているとよく言われる。高飛車で、傲慢《ごうまん》な感じがするから、サービスを旨とするツアコンには向かない。つづけるつもりがあるなら、その性格を直したほうがいいとも。

そんなことは百も承知している。

しかし、人間、生まれ持っての性格はなかなか変えられない。

三年前に結婚した夫の寛之《ひろゆき》とも、しょっちゅうぶつかっている。二人でいると喧嘩が絶えない状態で、寛之は早い時間に帰宅しようとしないので、夜の生活もほとんどない。

たとえあっても、セックスの主導権争いがつづき、しっくりいかない。

高慢そうに見える女性のなかには、ベッドでは一転して、マゾっぽくなる人がいる。が、玲菜はベッドでも、上になって腰を振りたいタイプだ。

そんな妻に夫は辟易《へきえき》としているようだ。寛之には「とびっきりの美人なのに、性格さえ穏やかになればな」とよく言われる。

しかし、だからと言って、下になってマゾっぽく喘ぐなんて、玲菜にはできない。

まあでも、このツアーだけは、気持ちを入れ換えて取り組もうと思った。

玲菜は昔から旅が好きで、ツアーコンダクターになりたかった。その希望を叶えてくれたのが『スタッフ・プリティーズ』で、研修まで面倒を見てくれた佐々木塔子だった。

笑顔を絶やさずに、腰を低く、全員への公平な気配りを――。

そう肝に銘じて、にこにこして添乗をはじめ　そして、あのときまでは上手くいっていた。だが……。

一行は、飛騨高山で食事と観光をかねて、二時間の自由時間を取った。

高山は人気のある城下町で、高山ラーメンや飛騨牛などの食べ物も美味しいし、飛騨の大工が作ったレトロな街並みも見飽きない。

春と秋の高山祭りなどは、この狭い町に何十万という人が押し寄せる。

だから、二時間の自由時間は納得できた。

だが、二時間は長い。玲菜は集合時間だけは守ってほしいから、何度も口酸っぱくなるくらいに集合時間を告げた。

しかし、心配していたことが起こった。

集合時間が来ても、ひとりのツアー客がバスに帰ってこなかった。

渥美雅彦《あつみまさひこ》だ。二十歳で、女性も一緒に申し込んでいたが、その女性から直前にキャンセルが入っていた。

姓が違っていたから、きっと彼女は恋人で、直前に喧嘩か何かして、女性のほうがこれみよがしにドタキャンしたのだろうと読んでいた。

渥美はまだ大学生なのだろう、ちょっとひ弱な感じはするが、まあまあのイケメンで、その彼がシートにひとりで座っているのを見て、可哀相にと思っていた。

だが、彼女にドタキャンされた男が、やってくれた。

玲菜は早速、彼のケータイに電話を入れた。しかし、出ない。

(何をしてるのよ！)

ツアーではひとりでも遅れると、全員に迷惑がかかってしまう。だから、だいたいの客は集合時間より早めにバスに帰る。それが暗黙のルールだ。

(女にフラれたからと言って、甘えてるんじゃないわよ)

玲菜は一行に事情を話し、バスの外に出て、何度もケータイに電話を入れながら、近くを見てまわる。しかし、渥美の姿はない。

ようやく電話が繋がったのは、集合時間を三十分過ぎたときだった。

「渥美さんですか？　集合時間を過ぎていますが……」

怒鳴りつけたい気持ちを抑えて言う。

『ええっ？　二時半じゃないですか？』

渥美が信じられないことを言う。

「いえ、一時半です。何度も言ったはずですが……」

『おかしいな……』

「今、どこですか？」

渥美が答えたのは、徒歩十分くらいのところにある水出しコーヒーの喫茶店だった。

「みなさん、お待ちになっていますから、とにかくすぐにそこを出て、駐車場まで来てください。できれば、走って」

電話が切れ、玲菜はバスで事情を話し、角まで迎えに出た。

しばらくして、渥美がやってきた。歩いている。走っていない。

「どうして、走らないの！」

「えっ……しかし……」

「いいから、早く！」

玲菜は渥美の腕をつかんで、駆けだした。気持ちが急いていた。

「ちょっと……息が」

「いい加減になさいよ。あんた、どれだけみなさんに迷惑かけてると思ってるの？　バカなの？」

ついつい、言い方が乱暴になっていた。

息が切れたのか、渥美が止まりかけたので、

「コラッ、お前！　そんなだらしないから、女にもフラれるんだよ。謝れよ。みなさんの前で、すみませんでした、と謝罪を入れろよ！」

玲菜はいったん切れると、最悪の言葉づかいになると言われている。それが出てしまった。

しかもそのとき、あまりにも血が頭に昇っていて、バスのドアが開いていて、玲菜の怒鳴り声がツアー客に丸聞こえになっていることに気づかなかった。

ふらふらの渥美を押し込むようにバスに乗せたとき、車中がシーンとして、尋常でない雰囲気になっていることに気づいた。

すぐに、自分の怒声が届いたことを知って、

「みなさま、出発が遅れて申し訳ありませんでした」

と頭をさげ、渥美も「すみませんでした」と謝った。

が、ツアー客の玲菜を見る目がこれまでとは違っていた。

（この人、これまで上品そうにしてたけど、いざとなると、客を怒鳴りつけるんだ。怖いな。添乗員として、どうなんだ？）

おそらく、そう思っているだろう。

その後、バスは飛騨高山を出た。途中での行程を省いて、どうにか予定より少し遅れて、バスは金沢のホテルに着けそうだった。

（しかし、この空気は……）

これはよほど頑張らないと、挽回できない。

しばらくして、一行を乗せたバスは、金沢にある旅館に到着した。

2

旅館で一行が夕食を摂っているときに、事件が起きた。

事件を起こした張本人は、またあの渥美雅彦だった。

ツアー客のひとりが酔っぱらって、手がつけられないというので、食事処に駆けつけると、渥美がひとりで暴れていた。

明らかに酔っぱらった様子で、「アカネ、死ねぇ」などと叫びながら、床の上をのたうちまっている。「アカネ」というのは、確か、ドタキャンした女の名前だったような気がする。

「す、すみません。すぐに、外に出ていただきますので、みなさまはお食事をつづけてください。すみません」

そう言って、床に転がって、浴衣をはだけている渥美を立たせ、廊下に引きずりだした。

渥美がシャンとしないので、完全に頭に血が昇った。

「しっかりなさい！」

言い聞かせて、頬を平手打ちした。

パチーンといい音がして、渥美がギョッとしたように、玲菜を見た。

「アカネ、アカネって煩《うるさ》いのよ。ドタキャンされたくらいで、ガタガタ言うんじゃないわよ。しっかりなさいよ！」

肩をつかんで言い聞かせると、渥美がいきなり、玲菜の肩に顔をつけてすすり泣きはじめた。

（何よ、こいつ？）

あまりの情動不安定さに辟易としたが、人目のあるところで泣かれたのでは、たまらない。妙な誤解を受けかねないからだ。

「……ったく、しょうがないわねぇ。来なさい」

玲菜は、泣きじゃくる渥美を部屋に連れていくことにした。

玲菜の部屋は、六畳一間の和室で、すでに布団が敷いてある。

そこに座らせようとすると、いきなり、腕をつかまれて引き寄せられた。

「ちょっと、何すんのよ！」

頭に来て、もう一発、ビンタをお見舞いした。

すると、渥美は打たれた頰を手で押さえて、

「ゴメンなさい……ゴメンなさい」

と、平謝りに謝ってくる。

「女の子にちょっとフラれたくらいで、ヤケになるんじゃないわよ。それに、フラれたって決まったわけじゃないんでしょ？　帰ってから、アカネちゃんに連絡を取ってみたら。もし、彼女が逢ってくれたなら、まだ可能性はあるってことよ。そうでしょ？」

「えっ……？　あ、はい……」

渥美の表情が変わった。

「きみのせいで、みんな迷惑してるんだから。わたしだって……」

これで、今回のツアーは終わりだ。添乗員としての玲菜も、低い評価をされてしまう。下手をしたら、うちの会社の評判が落ちかねない。

だが、渥美が布団に正座して、

「すみませんでした。俺がいけないんです。添乗員さんにも、すごく迷惑をかけてしまって……申し訳ありません」

額を畳に擦りつけたので、怒気が消えていくのを感じた。

もともと、感情の起伏は激しいが、さっぱりしていて、そういうところでは『男らしい』と言われている。

土下座して謝る渥美を見ていると、可哀相になってきた。

「わかればいいのよ」

許そうと思ったとき、渥美の視線がちらりと玲菜の下半身に落ちるのが見えた。

玲菜はまだ何かあるわからないから、浴衣には着替えていない。ぴちぴちのタイトスカートにこれもタイトフィットな半袖ニットを着ている。

玲菜は今、畳に横座りしているが、どうも、渥美はスカートのなかが気になるらしい。

ふと見ると、浴衣の前がはだけて、黒いブリーフをイチモツが突きあげている。

「どこを見てるのよ？」

「あっ、すみません」

渥美があわてて目を伏せる。

「きみ、さっきもわたしを布団に引きずり込もうとしたわね。どういうつもりなの？　彼女にフラれて、ヤリたいのにできないから、発情してるわけ？」

まっすぐに目を見ると、渥美が済まなさそうに目を伏せた。だが、ブリーフのあそこはますます大きく突っ張っている。

それを目にしたとき、玲菜のなかで抑えていたものが頭を擡げてきた。

「どういうつもりなの？　わたしとしたいの？　あわよくば、と思っているでしょ？　同情して、やらせてくれるかもしれないって……。甘いわよ」

玲菜は右手を伸ばし、浴衣の前を突きあげているものを、ぎゅっと握ってやる。硬くなっているそれを、潰さんばかりに握りしめると、

「ぁあぅぅ……」

渥美の顔がゆがんだ。

「何よ、これ？　カチンカチンじゃないの。これほどの迷惑をかけながら、平気

でエレクトさせるって、どういうこと？　どういう神経をしてるの？　これでは、彼女にフラれるはずね」

顔を近づけて言いながら、ブリーフの股間をさすりまわした。

「ぁああ、くっ……」

渥美の顔が、今度は快楽にゆがむ。

右手が知らずしらずのうちに動いて、ブリーフのなかにすべり込んでいた。硬くいきりたっている肉の棒をぎゅっと握った。

「ぁあああ……」

渥美が口を開けて、目を閉じた。

「どうしたの？　気持ちいい？　こうされると、気持ちいいんでしょ？　おチンチンが蕩けちゃう？」

からかいながら、ますます大きくなってきた肉の柱を強く握って、上下にしごいた。

渥美を布団に押し倒して、右手で肉棹を握りしごきながら、左手で浴衣の腰紐を解き、浴衣の前を開いた。

痩せているように見えたが、胸板も厚く、腹も引き締まっている。きっと、何かスポーツをやっているのだろう。

玲菜は自分の言いなりになる男が好きだが、体型的には細マッチョが好みだから、渥美はタイプだった。

胸の小さな乳首を指でいじりながら、下腹部のものを強くしごくと、

「ぅうう……ぁあああぁ、玲菜さん」

渥美が玲菜を名前で呼んだ。

「気持ち悪い子ね。わたしの名前を覚えてたのね」

「もちろんです。俺、今朝バスで逢ったときから、すごい美人で頭も切れそうだし、タイプでした。だから、名前をしっかり覚えました」

かわいいことを言うじゃない――。

しかし、そんな弱みを見せてはいけない。

「褒めてあげるわ。でも、わたしはきみの名前を呼ばないわよ。だいたい、覚えていないし」

「かまいません、全然……ぁあああ、くうぅ……気持ちいい。玲菜さんの指、気持ち良すぎる……くうぅぅ」

渥美が歯を食いしばった。

「アカネちゃんより、気持ちいいでしょ？」

「はい……もちろん。全然違います。ぁああ、おおぅ」

渥美がピーンと足を伸ばした。先走りの粘液が滲《にじ》んできて、しごくたびに、ネチャネチャと音がする。

玲菜は胸板に顔を寄せ、乳首にキスをする。ちゅっ、ちゅっとついばんでおいてから、舐める。舌で弾くと、

「ぁああ……気持ちいいです」

渥美が喘ぐ。

「最低のクズ男ね。フラれたから、すぐに他の女に乗り換えようとする。きみには節操がないの？」

「すみません。でも、ウソじゃないんです。俺、添乗員さんのほうが全然タイプです」

「だったら、なぜわたしを困らせるようなことをするの？　きみのせいで、わたしの評価はがた落ちじゃないの。どうしてくれるのよ？」

「す、すみません。もう、しません。協力します。ツアーが上手くいくように、協力させてください」

「ほんとう、でしょうね？」

「はい、何でもします」

「節操のない男だけど、まあいいわ……ちょうど、いいわ。むしゃくしゃしてるのよ、きみをいじめたいの……いい？」

「えっ？　あ、はい……」

「どっちなのよ？」

「はい、いじめてください」

「ふふっ、今の言葉、覚えておくのよ」

玲菜は勃起から手を離して、ブラジャーの背中のホックを外し、ニットをまくりあげながら、胸のふくらみを渥美の口許に近づけた。

「舐めなさい」

命じると、渥美がおずおずとライラック色のブラジャーをたくしあげて、顔を埋めてきた。乳房をつかまれ、乳首に吸いつかれて、

（ぁあぅ……！）

洩れそうになる声を嚙み殺した。

「下手くそね。もっと、感じるようにできないの？　ほら、もっと舌をつかっ

て」

言うと、渥美が口と鼻を乳肌で圧迫されながらも、一生懸命に乳房をモミモミし、先に舌を打ちつけてくる。

「ダメね。待ってらっしゃい」

玲菜はわざと冷たく、突き放す。

上体を起こし、ニットを脱いで、ブラジャーを外した。

こぼれでた乳房は、自分でも自信を持っている美乳だ。サイズはDカップで、とくに上が直線的で下側がふくらんでいるその形が気に入っている。

乳首は濃いピンクで乳暈《にゅううん》がバランス的にやや狭いのが、残念だ。

この形をしているせいか、トップよりやや上に位置する乳首が勃ったときの、その威張ったような角度が好きだ。

渥美もこの美乳に視線を釘付けにされている。

彼の視線を意識しながら、スカートをおろし、さらに、パンティストッキングとパンティを脱いだ。

下の毛はわざと手入れをしないで、放置してある。

ぼうぼうの漆黒の毛があっちこっちを向いて撥ねている。その野性的な感じが好きだった。

玲菜は、渥美をまたいですっくと立った。

渥美が生唾をこくこく呑みながら、讃えるような目で見あげてくる。

3

「き、きれいだ。美術の時間に見た『ミロのヴィーナス』みたいだ」

渥美が言う。

「あらっ？　ヴィーナスは意外と胸が小さいのよ。わたしのほうが大きいと思うけど」

「あっ、そうでした。とにかく、すごいです。玲菜さん、モデルできます」

「モデルなんて、バカがすることでしょ？　わたしはモデルをするほどバカじゃないのよ」

玲菜は顔面をまたぎ、腰を落としていく。

顔面騎乗である。繊毛の底で花開いているだろう雌花を、渥美の口に押しつけて、

「舐めて。舐めなさい」

命じると、渥美がおずおずと割れ目に舌を這わせる。

ぬるり、ぬるりと柔らかく湿った肉片が敏感な箇所を這うと、痒いところを掻かれているような至福がうねりあがってきた。しかし、ピンポイントではない。

じれったくなって、玲菜は自ら腰を振る。

このほうが、感じるポイントに擦りつけられるから、快感は高まる。

唾液で濡れた舌に狭間をなすりつけ、高い鼻にクリトリスを擦りつける。

抗しがたい悦びがひろがってきて、

「うっ……あっ……あっ……」

と、声が洩れてしまう。

いったん腰の動きを止めると、生意気に渥美が舌をつかいはじめた。舌を縦につかって狭間を舐め、それから、舌を細かく横揺れさせて、クリトリスを攻めてくる。

「あっ……あっ……」

腰が勝手に、びくっ、びくっと撥ねた。

玲菜にとって、クリトリスは男性のペニスそのもので、そこを刺激されると、たちまち快感がうねりあがってきてしまう。

「ぁああ、ぁあああ……」

自らクリトリスを舌に擦りつける。電流に撃たれたように、身体ががくっ、がくっと躍りあがってしまう。

渥美のペニスに触れたくなって、玲菜は身体の向きを変える。

渥美に尻を向けて、目の前の勃起に手を伸ばした。

それは標準サイズではあるけれども、硬さが尋常ではない。鉄の芯が通っているのではないかと思うほどにカチンカチンだ。

しごくと、先走りの粘液が潤滑油の代わりをして、ねちっ、ねちっという音とともに、包皮が気持ち良くすべり動く。

亀の口からは、大量の透明な蜜があふれて、玉になり、それが崩れていく。

「ああ、あうぅぅ……」

渥美が気持ち良さそうに喘いだ。

童貞ではないようだが、この敏感さは童貞クラスだ。だが、玲菜はそのほうがいたぶりがいがあって好きだ。

玲菜は顔を寄せて、肉の塔を頬張った。

途中まで咥えて、ずりゅっ、ずりゅっと唇をすべらせる。

玲菜にとって、フェラチオは男に尽くすことではない。逆に、男を攻め、翻弄するための手段だった。

そのために、口唇愛撫の技法を磨いた。今では、どんなに強い男も玲菜にかかったら、悦びに身悶えをする。

玲菜は根元を握りしごきながら、余った部分を吸い込み、唇をすべらせる。

「くうぅ、おおっ……」

渥美がクンニをすることもできずに、唸っている。

(いいのよ、それで……)

いったん吐き出して、鈴口をちろちろとあやし、その間、睾丸袋もやわやわとマッサージする。

鈴口を指でひろげて、そこに唾液を垂らし、赤い切れ目に塗り込める。そうしながら、根元からしごきあげると、

「おおぅ、玲菜さん、ダメです。もう、出ます！」

渥美が訴えてくる。

「もう？　まだ、ダメよ。きみは多大な迷惑をかけたんだから、その分、セック

スで返しなさい。いいわね？」

「はい……ぁああ、ダメですぅ」

玲菜は大きく顔を打ち振って、全体を満遍なくしごき、ちゅぱっと吐き出した。

それから、唾液で濡らした指で、亀頭冠のくびれをなぞりながら、鈴口を舌であやしてやる。

「おおぅ……！」

血管の浮かびあがったイチモツが、面白いほどに躍りあがる。

玲菜は立ちあがって、渥美の下半身にまたがった。

唾液にまみれて臍に向かっているものをつかんで導き、腰を沈ませていく。

と、ギンとしたものが体内を割ってきて、

「ぁあぁ……！」

玲菜は喘ぎを押し殺す。

（いいわ、いい……！）

心のなかで、歓喜の声をあげる。

だが、それを見せると、男は調子に乗る。そして、主導権を奪い返そうとする。

だから、あまり感じるところを見せたくはない。

玲菜はしばらくじっとしていた。それから、腰を縦に振りはじめる。蹲踞《そんきょ》の姿勢を保ち、スクワットでもするように腰を上下させると、いきりたつ若い肉の塔がズブッ、ズブッと体内に突き刺さってきて、

「ぁああ、あああ……ぁあぅぅぅ」

女の声があふれてしまう。

渥美は顔を持ちあげて、玲菜を見ている。よほど玲菜の顔が好きなのだろう。顔をじっと見てから、視線をおずおずとおろしていき、肉棹が嵌まり込んでいるところをびっくりしたように見て、また玲菜の顔を見る。

それを何回も繰り返している。

あまりにもわかりやすくて、笑った。

玲菜のようなきりっとした美人が、淫らに腰を振っている姿が想像できなかったのだろう。だから今、顔と結合部分を交互に見て、昂奮している。

「わかりやすい子ね」

言うと、渥美は「えっ？」という顔をした。

玲菜は下まで腰を落とし、そこで前後に振った。ぐいん、ぐいんと腰をしゃくるようにつかうと、いきりたちがしなりながら膣を擦ってきて、

「あっ……あっ……」

声が出た。

渥美はもう必死に射精をこらえている。「ううっ」と歯を食いしばり、今にも泣きだしそうな顔で、玲菜を見あげている。

(ふふっ、かわいいわ……)

玲菜は両手を後ろに突き、足を大きくM字に開き、腰を前後に打ち振る。

ギンとしたものが膣を動き、感じるポイントを擦ってきて、それをもっと育てたくなって、大きく速く腰を揺すってしまう。

腰骨のあたりからジーンとした熱い疼きがひろがって、それが、全身へと波及していく。

(ああ、いやらしいわ……わたし、いやらしく腰をつかっている)

渥美はもうぎりぎりなのだろう。「ああ」と眉根を寄せて、必死に射精をこらえている。

(かわいいわよ、それでいいの……)

玲菜は身体を立て、そのまま前に倒れていく。

男がやるように両手を腕立て伏せの形で突いて、腰を波打たせる。渥美を見おろしながら、言った。

「オッパイを触りなさい、早く！」

渥美はおずおずと乳房に手を伸ばして、揉みはじめた。まるで、ふくらみの量感を味わっているように揉み、それから、乳首に触れた。

いいんですか？　というような顔をするので、うなずいてやった。

すると、渥美は大胆に乳首を愛撫しはじめた。

つまんで転がしたり、きゅーっと引っ張ったりする。指腹で叩いたりする。

決して上手くはない。

しかし、その一生懸命さが玲菜には好ましく思える。

「ふふっ、いいのよ。吸える？」

渥美はうなずき、それから、胸のなかに潜り込んでくる。乳房に顔を密着させ、突起を吸い、舐めしゃぶってくる。

「ぁああ、それよ……そう、そのまま……いいわよ。ぁああ、ぁあああぁぁぁ」

玲菜は腰を揺らめかせる。

乳首を吸われながら、自ら腰を振ると、期待感に満ちた快美感がぶわっとひろがって、身体が自分のものではなくなる。

渥美は乳首にしゃぶりついて離れない。まるで乳呑み子のように、チューチュー吸い、もう片方の乳房も揉んでくる。

「ぁああ、ぁああ……来てる。来てるわ……それよ、それ……ぁあぁぁ、止まらない」

玲菜はがくん、がくんと身体を痙攣させながら、腰を前後に打ち振る。くいっ、くいっとしゃくると、いきりたちが膣の粘膜を突いていて、

「ぁあああ、来るわ、来る……」

ますます腰の動きが速くなる。

ついには、渥美の両腕を上からつかんで、万歳の形に押さえつける。そうしながら、腰を後ろへ後ろへと突き出す。

「どう、気持ちいい？」

玲菜は上から訊く。

「はい……うああ、出そうだ」

渥美が切羽詰まってきた。

「いいわよ、出して……そうら、イキなさい」

玲菜は、両手を押さえつけながら、腰を後ろへ大きく突きだす。すると、肉棹

を打ち込まれているような気がしてきて、一気に高まった。

　叫びだしたくなるような抜き差しならない快美感が押し寄せてきて、自分が自分でなくなる。

「ぁああ、ぁあああ……来るわ、来る……」

「おおぅ、俺も、俺も……出しますよ、出ます！」

「いいのよ。ちょうだい。ちょうだ……ぁあああ、イクぅ……うわっ……あっ、あっ……」

　自分が高いところに放りあげられるようだ。ふわっと身体が浮き、そこで、木っ端微塵になって、四散していく。

　渥美が放っているのがわかる。

　呻きながら痙攣している。

4

　二日目の夜、バスは下呂温泉に向かっていた。下呂温泉で一泊して、翌日には帰路につく。

すでに店で夕食は摂っていた。薄く暗くなった車内で、玲菜は隣の席に座っている渥美の太腿にそっと手を置いた。

渥美がびっくりしたように見たが、その目がすぐに欲望に満ちたものに変わった。

二日目にはバスの席替えが行なわれる。玲菜は隣の席を渥美にした。渥美は何をしでかすかわからないから、と一行には説明しておいたが、実際は違う。こうするためだ。

今、車内は眠る客のために暗くしてあるし、ほとんどの客が疲れてうたた寝をしている。

玲菜は備えつけのブランケットを、二人の膝にかけた。これで、他の乗客には見えないはずだ。

ブランケットのなかへと右手をすべり込ませていき、渥美のズボン越しに内腿をなぞりあげる。びくっとおののく渥美がかわいい。

すでにエレクトしているものを、ズボン越しにさすると、それはいっそう力強くなり、渥美は唇を嚙んで、息を荒らげている。

玲菜はもう一度周囲を確かめる。動いているのは中年の運転手だけで、彼も運転に集中しているから、まずはこちらに気づかないだろう。

もっこりとしたズボンを撫でさすると、渥美は気持ち良さそうに顔をのけぞらせる。

玲菜はズボンのファスナーをさげて、ブリーフからイチモツを取り出した。二十歳というのは、これがいちばん元気なときなのかもしれない。

臍を打たんばかりの肉棹が、ブランケットを押しあげる。

膝掛けのなかで、玲菜はそれを握って、ゆったりとしごく。それがさらに硬く大きくなって、ドクッ、ドクッと力強い鼓動が手のひらに伝わってくる。

バスの車中でこっそりと客のおチンチンをしごく自分の破廉恥《はれんち》さを思った。しかし、呵責《かしゃく》を感じるかと言うとそうでもない。

渥美はこのツアーを台無しにした。その分、添乗員の快楽に奉仕をするのは、ある意味、筋が通っている。

ゆったりとしごいていると、渥美の手が伸びてきた。

ブランケットの下を這っていた手が、スカートの内側へとすべり込んできた。ストッキングに包まれた足を撫でている。

その手が太腿まで来て、止まった。

玲菜は今日、太腿までのストッキングを穿いている。

絶対領域と呼ばれる、ストッキングとパンティの間の太腿をおずおずとさすってきた。

(もっと驚くわよ)

渥美の手がパンティのクロッチに触れたとき、ハッとしたようにこわばった。

なぜなら、玲菜はオープンクロッチパンティを穿いているからだ。

大人の玩具屋などで売っている、肝心な部分が空いている下着で、インターネットで取り寄せたものだ。同じタイプで、乳首のところが空いているブラジャーも、今、玲菜はつけている。

上着で隠してきたが、実際に触ったら、わかるはずだ。

なぜそんな下着を持ってきたかと言うと、いつかこんなときが来るのではないかと密かに期待して、常に持ち歩いてきたからだ。

つまり、玲奈はそういう女なのだ。

渥美の指がおずおずと裂けめをなぞりはじめた。パンティを穿いているのに、クロッチが開口している。そこを触るのは、どんな気持ちなのだろうか?

それを想像すると、ぞくぞくしてしまい、あそこがますます濡れてきた。

次の瞬間、渥美の中指が体内に潜り込んできた。

「くっ……！」

玲菜は洩れそうになる声を押し殺した。

女は昂っているときは、指一本で充分なのだ。体内にすべり込んできた中指が上へと折り曲げられて、天井のＧスポットをまさぐってくる。

敏感なポイントを指腹で押しあげ、擦ってくる。温かい蜜があふれて、彼の指はおろか手のひらまで濡らすのがわかる。

「くっ……くっ……」

顔がのけぞってしまう。手の甲を口に添えて、洩れそうになる喘ぎを必死に抑えた。

いつの間にか、足を大きく開き、指がいいところに当たるように、下腹部を前後に振り、濡れ溝を擦りつけていた。

このまま、気を遣ってしまいそうだが、もっと、この瞬間を愉しみたい。

玲菜はジャケットの前を開き、ブラウスのボタンを上から三つ外し、ゆるんだ襟元に自分の手を差し込んで、乳房を揉んだ。

カップの中心に五センチほどの丸い開口部があるブラジャーである。あらわになった乳首を指先でかるく撥ねると、叫びたくなるような快美感がうねりあがった。

もう少しで絶頂というそのとき、客のひとりから声がかかった。

「すみません……ト、トイレに行きたいんですが……」

玲菜はハッとして、身繕いをととのえる。渥美もあわててズボンのファスナーをあげている。

「わかりました。ちょっと、お待ちください」

玲菜は運転手に相談をする。運転手がすぐ近くに、駐車場付きの大きな土産物屋さんがあることを教えてくれた。

「近くにお土産屋さんがあるので、バスを停めます。そこでトイレタイムを取りますね」

玲菜がとっさに判断して言うと、

「早めに停まってください。もう、漏れそうだ」

初老の単独参加者が言う。

「はい……すみません。少しだけ我慢してください」

そう言っているうちに、バスは大きな駐車場を持つ日本風家屋の土産物屋に到着し、臨時のトイレタイムを二十分取った。

予定より早めに進行しているので、二十分くらい大丈夫だろう。

玲菜も降車して、トイレの様子を見に行く。トイレが少なすぎると、とくに女性は困るからだ。と、渥美がのこのこついてくるではないか。

「何？」

「俺……もう、ここが爆発しそうだ」

渥美が押さえた股間は大きくテントを張っている。

「ほんと、どうしようもないわね……。ついていらっしゃい」

玲菜は周囲を見まわして、こちらを注視している者がいないことを確かめ、先に立って歩いていく。

土産物屋の裏に渥美を引き込む。ここは死角になっているから、見つかることはないだろう。

「ここなら、大丈夫だわ。なるべく早く出してよ」

建物を背にして、渥美を立たせ、ズボンとブリーフを一気に引きおろした。

元気すぎる分身が、臍に向かっていきりたっている。

玲菜は前にしゃがんで、それを口に含む。

根元を握りしごきながら、亀頭部に唇をかぶせて、素早く往復させる。

「おおぅ、ぁああ……すごいよ。こんなの初めてだ……くぅぅ」

渥美が目を閉じて、暮れかかった空を仰ぐ。

最初は口で射精させるつもりだった。しかし、頬張っているうちに、下腹部がうずうずして、猛烈に欲しくなってきた。さっきバスの車内で膣を指で刺激されたからだろう。

玲菜は立ちあがり、建物の壁を背にして、

「して」

渥美に命じる。

「いいんですか？」

「いいから、言ってるの。早く。時間がないのよ。五分で済ませて」

そう言って、自ら片足を持ちあげて、腰を前に突きだしてやる。

怒張した肉の柱が、夕日を横から浴びて、赤く染まっている。その、反り返ったシルエットを美しいと感じた。

渥美は周囲を確認してから、いきりたつものの切っ先を当てて、必死にさぐってくる。オープンクロッチパンティはこういうとき都合がいい。

だが、渥美は入れようとするものの、孔が見つからないらしい。

「もう少し、下……ああん、じれったいわね」

玲菜は怒張を導いて、膣口に押し当てる。

「いいわよ、このまま、一気に」

言うと、渥美が吼えながら、突きあげてきた。

焼けた鉄心のようなものが体内を押し割ってきた。子宮を突き破らんばかりに、突きあげられて、

「ぁあああ……！」

玲菜は低く獣じみた声をあげて、渥美にしがみつく。

（ああ、すごいわ、これ……！）

身体が強い快楽に痺れてしまって、渥美にしがみつくことしかできない。

「ぁああ、玲菜さん……」

渥美がそっくり返りながら、突きあげてきた。

玲菜の片方の足を持ちあげて、翳りの底をいやというほど押しあげてくる。

そうしながら、玲菜のブラウスのボタンを外し、オープンブラジャーからこぼれた赤い乳首をちろちろと舐めてくる。

ライラック色のブラジャーからこぼれでた乳暈と乳首が、夕陽を浴びて赤く染まっている。唾液で見る間に濡れそぼった突起がいやらしい。

「ぁああ、すごいじゃないの。気持ちいいわよ。ああ、そう……突いて。イキたいの。突きあげてぇ」

玲菜はそう訴えていた。

渥美は顔をあげて、乳首を指でいじりながら、激しく腰をつかう。その躍動感に満ちたストロークが玲菜を追いつめていく。

「ぁああ、ああ……イクわ。イク……」

「おおぅ、俺も。俺も……」

渥美がいっそう強く、速く突きあげてきた。切なさの塊が急激にふくれあがった。

「ぁああ、イク、イク……イッちゃう……くっ！」

気球が割れて、玲菜も自身が爆ぜるようなエクスタシーの風に乗った。

「あっ……あっ……」

びく、びくっと腰も足も震える。

渥美がとっさに引き抜いた肉棹の先から、白く濁ったものが飛び散って、建物の壁を白く汚していく。

玲菜は絶頂に耽《ふけ》りたかった。しかし、時間がない。

急いで、身繕いをととのえて、

「遅れずに、バスに戻りなさいよ。今度遅れたら……わかるわね」

「はい……遅れません」

玲菜は建物の裏手を出て、バスに向かう。

添乗員は早めにバスに帰って、乗降口でツアー客を出迎えなければいけない。旗を用意して、ここがあなたたちのバスよ、と教えなければいけない。

玲菜はバスのなかの旗を取って、何事もなかったかのようにバスの前に立った。

一行がぞろぞろと帰ってくる。

玲菜は愛想よくひとりひとりに笑顔を振りまき、全員の着席を確認して、運転手にゴーのサインを出した。

5

下呂温泉の夜、玲奈は狭い和室でバスの運転手と二人で、酒を酌《く》み交《か》わしていた。

普通はこういうことはしないが、運転手の佐倉《さくら》にぜひ呑みたいと誘われれば、断れなかった。

じつは、ツアーの成否の何割かは、バスのドライバーにかかっている。

バスツアーの場合はとくに、ドライバーは予定通りにツアーを運行するために、道がどれだけ混んでいるかなどの的確な判断をしなければいけない。ランクから行けば、ドライバーの地位がもっとも高く、それから、添乗員やバスガイトとつづく。

したがって、バスの運転手の機嫌は絶対に損ねてはいけない。

「いやあ、遅れた者がいたりして、一時はどうなるかと思ったけど、どうにかなりそうだな」

佐倉が言う。すでに酔いがまわっているのか、薄くなった頭頂部がてらてらと赤く光っている。三十年間、この仕事をつづけているベテラン運転手で、年齢は六十歳近いはずだ。

「あのときはどうなるかと思いましたが、どうにか……すべて、佐倉さんの冷静な判断のお蔭です。ありがとうございます」

玲菜は、運転手のような大切な人に対しては、腰が低い。

「あの若い男、上手く手なずけたじゃないか」

「渥美さんのことですよね。彼、恋人にドタキャンされて、ヤケになってたみたいで……苦労しました」

「ふふっ、同情して、抱かれたか？」

にやっとした佐倉の視線が、隣に座っている玲菜の胸元に落ちる。

玲菜はすでに浴衣に着替えている。ノーブラでノーパンだった。浴衣の胸元がひろく空いて、桜色に染まった肌がのぞいている。

「えっ……そんなこと断じてしていませんよ。昨夜、酔って暴れたので、介抱はしましたが、それ以上のことはしていません」

玲菜はきっぱりと否定する。

バスの運転手は会社にそれなりの影響力を持っているから、後に繋げるためにも、破廉恥な添乗員だとは思われたくない。

「そうか？　とにかく、運転席の後ろでごそごそやられると、気が散っていけない。あんた、あいつの股間をシコシコやっていただろ？」

気づかれていたんだ――。

スーッと頭の血がさがっていった。

「あいつに同情してのことだろうが、困るんだよ。ブランケットの下でごそごそやられてはね……このままだと、会社に報告しないとね」

佐倉の右手が、浴衣の太腿に置かれた。

びくっとして、玲菜は太腿を逃がす。

と、大きな手が浴衣の前を割って、太腿の内側に張りついてきた。そこをぐいっと引かれて、膝が離れる。

「ちょっと、やめてください」

「知らないのか？」

「何をですか？」

玲菜は佐倉を見る。

「きみの会社、『スタッフ・プリティーズ』だろ？」

「そうですが……それが何か？」

「ウワサになってるぞ」

「ウワサ……？」

玲菜は首を傾げる。

「ああ……あそこの添乗員は寝るってな」

「えっ……？」

玲菜は大きく目を見開く。

「正確に言えば、ウワサになりかけているって程度だが。俺が会社にきみがしたことを報告したら、さらにそのウワサはひろがるだろうな。マズいだろ、それは？」

佐倉は細い目を向けながら、分厚い手のひらで、太腿の内側をさすってくる。

（どうしよう？）

迷った次の瞬間、いきなりキスされた。佐倉は玲菜の顔を引き寄せて、タラコ唇をぶちゅっと口に押しつけてくる。

かるいキスならまだ耐えられた。しかし、ぬるっとした気色悪い舌が潜り込んできたとき、こらえていたものが一気に解き放たれた。

「やめろよ、コラアッ！」

佐倉を突き放し、太腿に伸びていた手を逆関節に決めて、背中にねじりあげた。

「イテテっ！」

「立場が上だからと言って、調子に乗るんじゃないわよ。このユデタコが！　バワハラで訴えるからね」

さらに、腕をねじりあげると、佐倉が急に態度を変えた。

「くくっ……悪かった」

「いまさら、遅いわ。ここまで人を愚弄《ぐろう》して、謝られても、はい、そうですか、とはいかないわね」

「ど、どうしたらいい？」

「そうね……」

いい考えが浮かんだ。

「裸になって、畳に這いなさい」

「えっ……？」

「あらっ、今、目が泳いだわよ。ふふっ、佐倉さん、マゾじゃないの。絶対にそうよ。わたし、女王様体質だから、M男はすぐにわかるのよ」

「いや、そうじゃないと思うが……」

「いいから、やりなさい！」

佐倉の浴衣を脱がせ、ブリーフもおろして、畳に這わせる。

添乗員の不義をネタにして、自分もこの女を抱けると信じた。それが甘かったのだ。思い知らせる必要がある。

しかし、どうも佐倉の様子がおかしい。やけに従順だし、呼吸が荒くなっている。やはり、M男なのだろう。

その証拠に、四つん這いになったその腹の下で、男根が頭を擡げてきている。

「やはりね……汚いケツをさらしながらも、チンコをおっ勃っててるじゃないの。これは、どういうこと？」

股間の屹立を、尻のほうからつかんでニギニギすると、

「うっ……おおっ」

佐倉が気持ち良さそうに唸った。そして、信じられないような要求をしてきた。

「すまんが、ひとつ、頼みたいことがあるんだが……」

「何よ？」

「……そこに、運転用の白い手袋があるだろ。それを、嵌めてくれないだろうか？」

突拍子のない申し出である。

「無理ね」

「もし、やってくれたら、きみと会社を推薦しておく。だから、頼むよ」

「今の言葉、忘れないでよ」

「ああ、約束する」

「わかったわ」

玲菜は、白い布製のドライバー用手袋を両手に嵌めた。佐倉も同じ手袋を嵌めたのには驚いたが。

玲菜は浴衣も脱いで、一糸まとわぬ姿になった。いや、正確に言えば、白い手袋だけ身につけている。

手袋をぴったりと密着させた指で、後ろから肉棹を握った。

しごくと、佐倉は「おおぅ、それだ。たまらんよ」と、ますます勃起させる。

「そんなに、手袋が気持ちいいの？」

「ああ、いつの頃からか、こうなった。マッパに白い手袋だけをつけた女にしか欲情しなくなった」

「ヘンタイね……。でも、いいわ。そのヘンタイ性欲を満たしてあげる。わたしのことは会社には、非の打ち所のないツアコンだと報告しなさいね」

「ああ、約束する……ぁあああ、それだ」

玲菜は肉棹をしごきながら、布製手袋を嵌めた手で、汚い尻を撫でまわしてやる。

それから、ペッ、ぺっと唾をアヌスにかけ、窄《すぼ》まりを指先でこねると、

「ひっ……ひっ……」

佐倉はびくっ、びくっと尻を痙攣させるが、イチモツはますます大きく、硬くなってくる。

もっと攻めたくなって、佐倉を仰向けに寝かせ、いきりたっている肉柱を握った。手袋の指でしごくとどんな気分なのだろう？

根元を握ってしごきながら、睾丸袋を手袋の指でお手玉でもするように撥ねてやる。

「おっ、くっ……ぁああ、それだ！」

佐倉が下腹部をせりあげる。

「ほんとうに、ヘンタイね。これからも、うちをプッシュしなさいね。わたしが佐倉さんの添乗をするときには、また同じことをしてあげるから。わかった？」

「わ、わかったよ。だから……その……」

「何？」

「いや……」

「こうしてほしいんでしょ？」

玲菜はいきりたつものにしゃぶりついた。亀頭部を口に含んで、顔を打ち振りながら、根元を握りしごく。

手袋を嵌めているから、じかに触れることはできない。しかし、自分が医師か科学者になったようで、対象を冷静に見ることができる。

所詮、男などこんなものだ。どんなに偉そうにしていても、おチンチンをシコシコされれば、他愛なく屈する。

もっと、佐倉を平服させたくなった。

下半身をまたいで、亀頭部を裂唇に擦りつける。そこはもう充分に濡れていて、押しつけたまま、ゆっくりと腰を沈めていく。それが体内を押し割ってきて、ひどく気持ちがいい。

「ぁああ……！」

玲菜はのけぞっていた。

「おおぅ……くぅぅ」

佐倉も歯を食いしばっている。

玲菜がかるく腰を上下に振ると、切っ先が子宮口に当たった。

この体内を満たされている感じは、やはり、何物にも替えがたい。自分におチンチンがあればと思うのだが、膣しかないから仕方がない。

玲菜は前に屈んで、両手を突き、男のような格好で腰をつかう。すると、うごく膣の粘膜が屹立を揉み込んでいき、

「おおぅ……すごい。きみのオマ×コはすごい……ざわざわして、からみついてくる」

佐倉が唸りながら言う。

佐倉の手が伸びてきた。そして、乳房を揉みしだいてくる。

白い布製のぴったりした手袋が、乳房をつかみ、その指先が乳首をこねてきたとき、不思議な快感がうねりあがってきた。

じかに触れられているときとは違うが、ぴったりした手袋なので、指の動きはまともに感じる。なのに、それは皮膚ではなく、布製の手袋なのだ。

自分が解剖台に横たわっているような、そのちょっと距離感のある愛撫がもどかしくて、逆にもっとという期待感を煽《あお》ってくる。

「ぁああ、ねえ、乳首をつまんで……そう、ぐいっと」

摩擦の強い指先で敏感な乳首を押しつぶされて、くりっとねじられると、芳烈

な快感がふくらんだ。

「ぁあああ……！」

左右の乳首を白い手袋でねじりあげながら、玲菜は腰を揺する。

「ぁああ、いいわ……これ、いい……ぁああ、ぁああうぅぅ」

胸を預けながら、腰から下をくいっ、くいっと前後に揺すり、さらに、まわしてグラインドさせる。

屹立が欲しいところを擦ってきて、ぐんと快美感が高まった。

佐倉が下から突きあげをはじめた。

ぐいっ、ぐいっと屹立を下から押し込まれて、体内にその衝撃がひろがっていく。

「ぁああ、いい……あんっ、あんっ、あんっ……」

佐倉の上で、裸身をバウンドさせていた。

と、佐倉が上体を持ちあげてきた。

対面座位の形で、玲菜の背中に手をまわして、引き寄せながら、乳房に顔を埋めてくる。乳首をしゃぶられると、抜き差しならない快感が込みあげてきた。

気持ち良かった。イキそうだ。

しかし、佐倉に突かれて気を遣るのはプライドが許さない。自分で腰をつかって、精液を搾りたい。

玲菜は両手を肩に置き、のけぞるようにして、屹立を膣でしごきあげる。ぐい、ぐいっと腰をしゃくりあげると、

「ぁあぁ、ダメだ。出てしまう」

乳房をしゃぶることもできなくなって、佐倉は両手を後ろに突き、気持ち良さそうに唇を噛みしめる。

「いいのよ、出していいのよ。その代わり、わかってるわね？『プリティーズ』がヤリマンだなんてウワサを流さないで。彼女たちの添乗は素晴らしい。うちもあそこを使いましょうと宣伝するのよ」

「ああ、わかった。そうするよ……だから……おおおっ、ツーッ！」

佐倉が顔をのけぞらせて、息を呑む。

「ああ、あなたの大きい。大きいのがなかをグリグリしてくるの。ああ、すごい……イキそう。わたしもイキそう」

玲菜は射精を煽り、ますます腰を強く打ち振る。

「ぁあぁ、信じられんよ。こんな美人なのに……おおぅ、見せてくれ。きみのき

れいな顔を見せてくれ」

「いいわよ、見なさい……どう、きれい？」

玲菜は眉を八の字に折って、「ぁああ」と吐息をこぼす。

「おお、すごい。こんな美人なのに、こんなにインランだ。こんなことあっていいのか？　いいのか？　おおぅ、ダメだ。出るぅ」

佐倉は必死に目を見開きながら、顔を真っ赤にして唸っている。

「ぁああ、いいわ。わたしもイク……イッていいの？　イっていい？」

「ああ、イッていいぞ。おおぅ」

玲菜が腰を大きく振ったのと同時に、佐倉が激しく突きあげてきた。

「おっ……あっ……」

佐倉が放っているのがわかる。顔をくしゃくしゃにして放出の悦びに酔いしれている。

（勝ったわ……）

玲菜も目眩く絶頂へと押しあげられて、ぎゅっと佐倉にしがみついていた。

第五章　寝台列車での接待ツアー

1

『スタッフ・プリティーズ』の四人は覚悟を持って、寝台特急『オリオン星』に乗り込んだ。『おもてなしツアー　寝台列車の夜』の添乗を四人でするのだ。

　少し前、塔子はKトラベルの鶴田常務に呼び出された。そして、こう言われたのだ。

『今度、うちが寝台列車を借り切って、ツアーをする。スペシャルなツアーだ。つまり、うちのお得意様の常連客やお世話になっている方を、少数限定で招待してある。いわば、感謝のツアーだ。それにきみたちも添乗員として参加してほしい』

『うちがそんな大切なツアーの添乗を？』

『心配するな。添乗員はきみのところだけじゃない。他の派遣会社からも出してもらう。つまり、招待客ひとりにつき、ひとりの添乗員がつくという贅沢《ぜいたく》なツアーだ。受けられるな?』

『はい、もちろん、喜んで引き受けさせてもらいます』

塔子はしっかりとうなずいた。

『それとだな……じつは、招待客のなかに、例の協会の重要メンバーも何名か入っている』

鶴田に言われて、塔子は身が引き締まる思いがした。

『きみのこの前の函館ツアーの添乗だが、評判いいぞ。二人がきみを褒めていた。だから……今回のツアーの添乗でさらにいい結果を出せば、きみのところが協会賞を受賞する可能性もある。何か失礼があったら、その段階で終わりだ。ほんとうはきみに、協会メンバーを教えてやりたいんだが……さすがに、それはできない。それに、他の派遣会社も協会のメンバーが参加していることは承知だから、より抜きのツアコンを送り込んでくるだろうし、必死になって高評価を狙ってくるだろう。負けるなよ』

『……負けません』

塔子はきっぱりと言う。

『その意気だ。会社をつづけたいのなら、とにかく今回のツアーでナンバーワンの評価を得るんだ。そのためには……』

鶴田がじっと塔子の目を見て、言った。

『……何をしてもかまわん』

塔子はドキッとした。

(鶴田さんはうちのツアコンが客と寝るというウワサを聞いているんじゃないかしら？　それを知っていて、『何をしてもかまわん』というのは、つまり……)

『何をしても、よろしいんですか？』

塔子はおずおずと訊いた。

『ああ、いちばんの評価を受けろ。今回はとくに接待だ。「おもてなしツアー」と謳《うた》ってあるくらいだから、自分のついた客をもてなせ。喜ばせろ。わかったな？』

『はい……受け止めさせていただきます。でも、常務はなぜ、こんな大切なことをわたしどもに？』

『……なぜだろうな？　多分、きみが辞めさせられたMツーリストが気に食わないからじゃないか？　あそこは今もきみの会社を叩き潰そうとしている。そんななかで、『プリティーズ』が協会賞を取ったら……いい気味じゃないか。きみも溜飲をさげることができるだろ?』

『はい……』

『俺ももちろんツアーに同行するから、よろしくな』

そう言って、鶴田はにこっと笑ったのだった。

そんな事情があるから、塔子は燃えていた。

燃えているのは塔子だけではない。他の三人も絶対にいちばんを取るという決意でもって、この寝台列車『オリオン星』に乗り込んでいる。

始発駅の上野《うえの》を十六時に出て、札幌《さっぽろ》には翌日の十一時に到着する。つまり、約十九時間、この列車に乗っていることになる。

寝台特急が上野駅を出てすぐに、最後尾のサロン車でパーティが開かれていた。

ロングソファが置いてあって、テーブルにはワインやオツマミが用意してある。

広い窓からは外の夜景が見える。

その展望車両に、ツアーの招待者と添乗員が集まって、飲み食いや歓談をしている。

『スタッフ・プリティーズ』の四人も、もちろん参加していた。

それぞれが割り当てられた招待客について、笑顔を振りまいている。

塔子は、いかにも好々爺《こうこうや》という感じの塩谷《しおたに》を。

ゆり子は、貫禄のある重役風の井手《いで》を。

玲菜はロマンスグレーの渋い初老の紳士、末永《すえなが》を。

そして、朱里はこのなかではもっとも若い、二十六歳の見城《けんじょう》を接待していた。

2

朱里は自分が担当する客が、この若く、力のなさそうな男であることに気落ちしていた。

『スタッフ・プリティーズ』が協会賞を受けられるように、精一杯のサービスをしようと、大いに張り切っていた。

一応、男は姓だけの、女は下の名前だけを記したネームプレートを各自がつけているものの、それぞれの職業や地位を訊くのはルール違反とされていた。ここに集まった人は仕事では高い地位についているから、せめてこのツアーくらいは身分を隠して、リラックスしてもらいたいという考えのようだ。

見城はまだ二十六歳だと言うし、きっと誰かの代理で来たのに違いない。メガネをかけた神経質そうな細面で、いかにも自分に自信がなさそうで、おどおどしている。

（もっと偉い人を当ててくれなくちゃ。大サービスして、うちの株をぐんとあげようと思っていたのに……）

しかし、その不満を露骨に見せてはならない。ここは、たとえ相手が誰であろうと分け隔てをしないツアコンだと思われたい。

それに、見城は朱里と歳が近いから、気が合うかもしれない。

（それだわ。きっと、そういう判断のもとで、こういう組み合わせにしたんだわ。だったら、主催者側の期待に応えなくちゃ）

朱里はぎこちない見城をフォローして、不安にさせないように笑顔で話しかける。

そうこうするうちに、食事の時間になって、食堂車で有名なレストランのコック長が作ったフランス料理をコースで摂り、その後、自由時間になって朱里は、見城とともに彼の部屋に向かう。

そこはスイートと呼ばれるメゾネットタイプの部屋で、一階が寝室に、二階が居間になっていた。二階建てのグリーン車があることは知っているが、メゾネットタイプの個室など、もちろん初めてだ。

招待者にはすべてスイートルームが用意してあると聞いていた。添乗員の部屋もあったが、そこは四人が寝られるタイプの部屋で、このスイートとは大違いだ。

二階には、向かい合う形でソファが置いてあり、他にトイレやシャワールームもついている。まるで、ホテル並の設備だった。

朱里は用意してあった北海道産の白ワインをグラスに注いで、見城の反対側のソファに腰をおろした。

「カンパーイ」とグラスを掲げて、こくっと呑む。呑みながら、前を見ると、見城が朱里の胸元を盗み見ていた。

朱里は着替えて、思い切り襟のひろく空いたセクシーなミニのカクテルドレスを着ていた。

ノースリーブでVネック。随分と下のほうまで切れ込んだ襟ぐりからは、自分でもたわわだと思う球体が二つ、見事なふくらみをのぞかせている。

(見城さん、呑みながら見てるわ……隠せないんだから。素直すぎるよ)

その露骨な態度がいやかと言うと逆で、むしろ好ましい。

朱里はグラスを置いて、意識的に足を組む。

ミニ丈のドレスだから、きっと、むちむちぷりんの太腿がほぼ付け根まで見えてしまっていることだろう。

案の定、見城がちらり、ちらりと視線を下半身に落とす。

(見てるわ。そんなに見たいなら、これでどうかしら？)

朱里は組んでいた足を解いた。そして、膝を少しずつ開いていく。

(ふふっ、盗み見してる……いいのよ、見せてあげるね)

少しずつ膝を開きながら、朱里は窓の外を眺めて、見城が見やすいように、視線を外してやる。

大きな一枚窓から夜景が見える。と言っても田舎らしく、遠くに街の明かりが灯《とも》っているものの、近くには暗闇に沈んだ田畑が列車の明かりでわずかに浮かびあがる程度だ。

(東北の田舎を走っているんだわ。でも、へんな感じ……きっと、外からは列車のなかは丸見えね……。ふふっ、わたしの純白のパンティも見城さんにはきっと丸見え……)

顔を外に向けたまま、視線だけやると、見城のズボンの股間がもっこりとふくらんでいた。

「お酌したいから、そっちに行っていいですか？」

おうかがいを立てると、「ああ、どうぞ」と見城がうなずく。

朱里は見城の隣に席を移し、ワインを注いでやる。

「ああ、ありがとう……」

そう言う見城の声がすでに上擦っている。

「見城さんって、ひょっとして童貞だったりして」

場の雰囲気を和《なご》ませようとして言ったのだが、見城がハッとしたように表情をこわばらせた。

「えっ、当たりなの？　女を抱いたことないんですか？」

「……恥ずかしいけど、そうなんだ。あの、このこと絶対に人には言わないでほしいんだけど」

「キャア！　すごい、すごい！」

「ちょっと、人の弱みではしゃがないでくださいよ」

「だってぇ……わたし、童貞君を相手にするの、初めてだもの」

「えっ……相手にしてくれるの？」

メガネの奥の目がきらっと光った。

「どうしようかな？　してほしいんですか？」

「……ああ」

朱里が見城に肉弾接待したところで、さほど有益とは思えない。しかし、相手が二十六歳の童貞君と知って、胸が妙な具合にざわついていた。

（童貞君の筆おろしをするのって、どんな感じなのかしら？）

いったん心が動くと、すぐにそれが行動に出てしまう。

「じゃあ、オッパイを触るのも、初めてだったりして」

「……初めてだよ。俺、そっち関係の店嫌いだから、行かないし」

「へえ……絶滅危惧種。興味あるわ」

朱里は見城の手をつかんで、カクテルドレスの襟元から内側へと導いた。ブラジャーのなかへと指が入り込み、凍りついたように動かなくなった。

「どうしたの？　モミモミしていいよ」

ごくっと唾を呑んで、見城が乳房を揉みはじめた。おずおずとしている。そのぎこちない指づかいが愛らしくて、かわいい。

「ファスナーをおろして」

背中を見せて、ファスナーをさげさせ、ブラジャーを外してもらい、ドレスの胸元をあらわにする。自慢のFカップの美乳を見た見城の目が、メガネの奥でまん丸になった。

「いいよ、吸って」

「……ほんとうに、いいの？　このこと、人には言わないでくださいよ」

「もちろん。わたしは口が堅いのよ」

見城が邪魔なメガネを外して、ピンクの乳首に吸いついてきた。まるで赤ちゃんのように乳首を吸い、乳房を揉みしだいてくる。

ぎこちないが、鼻の頭に大粒の汗を浮かばせて、しゃにむにしゃぶりついてくる童貞君がとても愛おしい。

「ああん、気持ちいいよ。ぁああ、気持ちいい……上手よ」

言いながら、見城のズボンの股間を撫でさすってやる。

それはすでに金太郎飴のように、カチカチになっていた。

朱里がズボンとブリーフをおろすと、イチモツが飛び出してきた。臍に向かってそそりたつ金太郎飴はものすごく元気が良くて、亀頭などは茜色にてかっている。

「ふふっ……立派じゃん。きみのおチンチン」

「えっ、そう？」

「うん、オッキいよ。名品だと思うよ」

「そうか……」

そこにコンプレックスを持っていたのだろうか、見城の表情が華やいだ。

「舐めてあげようか？」

「してくれるの？」

こくんとうなずき、朱里はソファの前にしゃがみ、そそりたっている若い肉柱を根元から舐めあげていく。ツーッと舌を走らせると、

「くっ……ぁあああ」

見城がオーバーに喘いだ。

「気持ちいい？」

「ああ、気持ちいいよ……ぁああ、おおぅ、初めてだぁ！」

見城があまりにも悦んでくれるので、朱里の持ち前のサービス精神がむくむくと頭を擡げてきた。

いったん唇をかぶせて、満遍なくすべらせる。

ちゅぽっと吐き出して、自分の乳房に唾液を垂らし、乳房の内側と谷間をたっぷりと濡らした。それから、身体を寄せて、ギンギンになっている肉の柱を左右からそっと包み込む。

パイズリである。普通はやらない。夫にもたまにしかしない。しかし、童貞君の筆おろしをすることに気持ちが昂っていた。

自慢の巨乳を両側から手で押さえて、真ん中に集め、交互に上下に動かした。すると、真っ白でふにゃふにゃした豊乳が屹立にからみつき、揉み込み、

「ぁあああ、信じられないよ。くうぅ、おおぅ……！」

見城は天井を仰いだ。足が突っ張り、下半身がびくっ、びくっと持ちあがる。

（さすが童貞君だわ。反応がすごい！）

こんなに感じてくれると、やりがいがある。もっと感じさせてやろうと、たっぷりと揉み込みながら、そこに唾液を落として、すべりを良くしていく。このぬるぬる感があるのと、ないのでは全然気持ち良さが違うはずだ。

さらに、顔をうつむかせて、かろうじて届く亀頭部にちろちろと舌を走らせる。

パイズリフェラを筆おろしで体験できるなんて、見城は果報者だ。

「おおぅ、ぁあああ……朱里さん、朱里さん……」

「なぁに？」

「何か、何か……熱いものが……出ちゃうんじゃないかって……ぁあああ、くぅうぅ」

「いいのよ。出して……ゴックンしてあげるよ」

「えっ……呑んでくれるの？」

うなずいて、朱里は本格的なフェラチオに移る。根元を握りしごきながら、余っている部分を唇でしごく。

「おおっ……」

見城が吼えたそのとき、スマホの着信音が鳴り響いた。

「あっ……俺のだ」

「いいわよ。出て……」

朱里は肉棹を吐き出して、指だけでしごく。

見城がスマホをつかんで応対する。

「ああ、父さんか……ああ、上手くやってるよ。大丈夫、迷惑はかけてない……わかってるよ。しっかり報告すりぁあ、いいんだろ？　そんなに心配なら、父さんが自分で来たらよかったんだよ……。わかってるよ。切るぞ」

見城が怒ったように、スマホのスイッチを切った。

「お父さまから？」

「ああ……心配してるっていうか。面倒なんだよ、後で報告しろとかさ」

急に、電話の主に興味が湧いてきた。

「ほんとうはルール違反なんだけど、訊いていい？　見城さんのお父さまって、どなた？」

「……Mツーリストの社長だよ。父さんに招待状が届いてたんだけど、ライバル社の招待には応じられないから、お前が出ろって……。俺も一応、Mツーリストの社員だから。まだ課長だけどね」

びっくりした。

Kトラベル常務であり、今回のツアーを取り仕切っている鶴田常務がライバル会社を招待したことも。また、その代理で、息子がのこのこやってきたことも。

Mツーリストは社長の佐々木塔子が喧嘩して辞めた会社であり、それを根に持って、うちを執拗《しつよう》に潰そうとしている会社だ。

（そして、この男が息子……と言うことは、もしかして、跡取りになるかも。二

十六歳で課長だなんて、昇進が早すぎるもの。絶対に跡取りにする気なんだわ）

でも、見城は経緯をどこまで知っているのだろうか？

「見城さん、うちの社長の佐々木塔子、ご存じですか？」

訊きながらも、肉柱を握りしごいている。

「知らないな」

見城が答える。ウソをついているようには見えないから、きっとうちとMツーリストの関係など知らされていないのだろう。

それはそれで都合がいい。

（そうか……鶴田常務、わたしに見城さんを籠絡《ろうらく》しなさいって意図があって、ジュニアにつかせたんだわ）

そうとわかれば、俄然やる気が出てくる。

「わたしの会社、『スタッフ・プリティーズ』って言うんだけど、記憶に留めておいてくださいね」

かわいく言う。

「わかったよ。それより……」

「さっきのつづきね」

朱里は丁寧に肉棹を舐め、頬張る。

そうしながら、右手を太腿の奥に伸ばして自らの花肉を指でいじった。見城はおそらくろくに愛撫もできないだろうから、あそこを濡らすためだ。

パンティ越しに割れ目をなぞっているうちに、湿ってきて、準備ができた。

「うんっ、うんっ、んっ、んっ……」

素早く唇をすべらせると、

「おおぅ、入れたい。入れたいよ」

見城が訴えてきた。

塔子社長は今回のツアーは『女の武器』を使ってもいいと言っていた。それを使うには、もってこいの相手だった。

朱里は肉棹を吐き出して、立ちあがり、ミニドレスの下に手を入れて、パンティストッキングごとパンティをおろし、足先から抜き取った。

ドレスの上が脱げ、腰にまとわりついてくる。その格好で、ソファにあがって、腰かけている見城の下半身をまたいだ。

「初めてだと多分上手く入れられないと思うから、わたしが入れるね。いい？」

「ああ……あ、ありがとう」

「どういたしまして」

その前に、ワイシャツのボタンを外して、胸板に手を当てた。

「ふふっ、すごいわ。見城さんの心臓、ドックン、ドックン言ってる」

「ああ、きみのようなかわいい子にしてもらえるなんて、夢見てるみたいだ」

「夢じゃないわよ。わたしのことはしっかり覚えておいてね。後藤朱里、二十三歳。『スタッフ・プリティーズ』に勤務。うちは女だけでやってるのよ」

「女だけで？　すごいな……覚えたよ」

「忘れないでね」

かわいく微笑かけて、いきりたっている肉柱を太腿の奥に導いた。

蹲踞の姿勢でそれを濡れ溝になすりつけて、腰を前後に振る。

「ぁああ、気持ちがいい。見城さんのおチンチン、触れるだけで気持ちいいの。何だか、好きになっちゃいそう」

殺し文句を吐いて、朱里はゆっくりと腰を落としていく。

カチカチのものが体内を押し割ってくる。

「ぁあ、くぅぅ……ぁあああぁ」

それが奥まで届いて、朱里は口をいっぱいに開けて、のけぞった。

ほぼ同時に、見城も唸っていた。必死に歯を食いしばっている。

「大丈夫？」

「あ、ああ……」

「初めてして、どう？」

「ああ、何かすごいよ。ぬるぬるだし、締めつけてくる。おおぅ、すごい。なかが動いてる……」

朱里は様子を見ながら、身長に腰を前後に打ち振る。すると、

「ぁああ、やめて……」

見城が訴えてくる。

「どうしたの？」

「出ちゃいそうだ」

「じゃあ、オッパイを吸って」

言うと、見城が胸のふくらみにしゃぶりついてきた。オッパイをモミモミしながら、乳首を吸う。吐き出して、そこをちろちろと舐めてくる。

「あっ……あっ……ああん、気持ちいいよ。それ気持ちいいよ」

見城が乳首にしゃぶりついてくる。

ぎこちないが、真剣そのもので、無我夢中で乳首をかわいがろうとする。その一生懸命さが、朱里をかきたてる。

乳首を預けながら、腰から下をくいっ、くいっと前後に打ち振った。意識的にやっているわけではなく、自然に腰が動いてしまうのだ。

「ぁあああぁ……気持ちいい……ぁああ、オッパイもオマンマンも両方気持ちいいよ」

そう口に出しながら、腰を揺らめかせる。

ウソではない。実際に、乳首から派生した快美感が下腹部にも流れていき、そのうずうずした膣を肉棹で擦ると、体中が満たされ、それをもっと育てたくなる。

朱里は見城の肩に手を置いて、スクワットでもするようにゆっくりと腰を上下動させる。と、いきりたちが奥のほうのポルチオを突いてきた。

朱里はポルチオがとても感じる。

腰を沈めきって、先端を奥まで導き、そこで腰をくねらせる。と、亀頭部が子宮口のポルチオをぐにぐにこねてきて、一気に高まる。

「ぁああ、ダメだ。なかが気持ち良すぎる……うわわぁ」

見城が乳首をいじることもできなくなって、顔をのけぞらせる。

「いいよ、出して……」

「でも……」

「大丈夫。見城さん、すごく元気がいいから、出しても、またきっと勃つよ。自分が出したいときに出すのが、いちばん気持ちいいんだよ……ぁああん、朱里も気持ちいい。イッちゃいそう。オッキいのが、奥を突いてくるの。ぐりぐりしてくるの……ぁあああ、ぁあああああ、見城さん、見城さん……」

名前を連呼して、腰を縦に振り、沈み込ませたところでグラインドさせると、

「おおぅ、ああ、出る……くっ！　くっ！」

見城が眉根を寄せながら、射精しているのがわかる。

熱い男液を浴びながら、朱里はきゅ、きゅっと膣を締めつけた。

3

同時刻、ゆり子はネームプレートに『井手』と書かれた、大柄で赤ら顔をした快活な男と、スイートの一階にいた。

「いやあ、呑みすぎたよ」

井手はポロシャツ姿で、太鼓腹を上にしてベッドに横たわっている。

一階は寝室になっていて、進行方向に沿ってベッドが二つ並んで置いてある。

「大丈夫ですか？　お水、召しあがられますか？」

心配になって、ゆり子は覗き込む。

井手の正体はわからない。しかし、他の客は井手を立てていたし、風体からしていかにも高い地位についていそうだし、偉い人の持つ貫禄のようなものがうかがえる。

Ｋトラベルのお得意様と言うより、旅行関係の会社の重役のような気がする。もしかしたら、添乗員協会の偉い人かもしれない。

いずれにしろ、失礼なことは絶対にできない。

社長の佐々木塔子がこの前の添乗で高い評価を得たのだから、ゆり子も負けてはいられない。塔子は自分を高く買ってくれているし、彼女の期待に応えたい。

枕元のテーブルに置いてあったペットボトルの水を渡そうとすると、井手が言った。

「悪いが、口移しで飲ませてくれないか？　悪いな。酔っぱらって、体を立てるのもつらいんだ」

絶対にウソだ。それを口実に口移しをさせようとしているのだ。しかし、そのくらいはどうってことはない。今回は特別な『おもてなし』をしてもいいと、塔子に言われている。

「わかりました」

ペットボトルの水を口に含んで、そっと顔を寄せた。

覆いかぶさるように唇をつけて、加減しながら少しずつ水を注いでいく。コクッ、コクッと井手が飲み込む。

（いい感じだわ）

我ながら、口移しが上手いと思う。井手の息はワインの香りがする。

ほとんど水を飲ませたとき、いきなり、抱き寄せられて、ベッドに引き込まれた。

唇を重ねたまま、井手は身体を入れ換えて、上になる。

そして、体重をかけながら、ブチューとキスを浴びせてくる。

ゆり子は驚かなかった。こうなるような気がしていた。ある意味予想通りだった。

しかし、ゆり子は安い女だと思われないために、一応、抵抗する。

手足をバタバタさせると、井手は負けじと上からゆり子を押さえつけ、唇はおろか、舌まで差し込もうとする。

きっと、添乗員のことなど、ホステスか風俗嬢くらいにしか思っていないのだろう。さすがに、舌を差し込んできたことは許せなかった。

「やめて……ください」

顔をそむけた。

「いいじゃないか。きみは『スタッフ・プリティーズ』の社員だろ?」

「……ご存じなんですか?」

「ああ、もちろん、知ってるよ。残念ながら、こちらの身分は明かせないが、俺はきみたちの会社をプッシュできると思うぞ。小谷ゆり子だよな? きみを一目見て、気に入ったよ。結婚して、中学になる息子もいるそうじゃないか。苦労している女が好きでね。それに、このふくよかな肉付き、癒し系の顔……俺の理想なんだよ」

そう言って、井手が胸を揉んできた。

ゆり子は胸ぐりの大きく空いたドレッシーなドレスを着ていた。胸を揉まれ、さらに、ブラジャーの下へとすべり込んできた大きな手で、じかに乳房をぐいと

つかまれると、ジンと身体が疼いて、

「ぁああ……！」

思わず声を洩らしていた。

この男にはすべてを知られている。彼がウソをついていないなら、井手に抱かれることは我が社のプラスになる。それ以上に、好きだと言われたことが、ゆり子の身体を開かせようとしていた。

乳首をこねられながら、キスをされるうちに、身体の奥底から、歓喜のパルスが流れて、自分から舌をつかってからませ、腰をくねらせていた。

「そうだ。それでいい……服を脱いで、裸になりなさい。あまり時間がない」

井手が理解できないことを言う。

「えっ……時間って？」

「いや、いいんだ。とにかく、脱いで。下着も取りなさい」

時間って、どういうことかしら？　頭をひねりながらも、ドレスをおろし、下着を脱いだ。その間に裸になっていた井手にベッドに引き込まれる。

井手は風体に似合わず、愛撫が巧妙だった。

夫とのセックスレスがつづいているゆり子の肉体は、男が欲しくてたまらない状態にある。その飢えた身体をかわいがられると、すぐに全身が性感帯と化し、下腹部をクンニされるにいたっては、もう感じすぎて何が何だかわからなくなった。

「ぁああ、欲しい。入れてください……」

挿入をせがんだ。

と、井手が一気に打ち込んできた。野太い男のシンボルはすさまじいばかりの圧力で、膣をひろげ、もっとも感じるGスポットを擦ってくる。

「ぁああ、ぁあああ……」

ゆり子は枕を後ろ手につかんで、身悶えをする。

ひさしぶりのセックスだった。

これが普通のセックスではないのは、列車がレールの切れ目を通過するときのガッタン、ゴーという揺れや、時々聞こえる警笛の音でわかる。

走っている列車で、初めて逢った男に貫かれている。ガンガン突かれて、悦びの声をあげている。

自分は多情だと感じる。しかし、あまり後ろめたさはない。やはり、今こうして肉弾接待をしていることが、会社の発展に繋がるのだという気持ちがあるからだろうか？

井手に足をV字に開かされて、ぐいぐい突かれると、あの気を遣る前に感じる切なくて切なくてどうしようもない感覚が押し寄せてきた。

「ぁああ、イクわ……イキます……」

井手がスパートをしたそのとき、ピンポーンとインターフォンのチャイムが鳴った。

「えっ……？」

ハッとして我に返った。

「ちょっと待っていてくれ」

井手が肉棹を引き抜いて、階段をあがっていく。ここの玄関は一階と二階の中間にあり、そこから廊下に繋がっている。

（今頃、誰なのかしら？）

気を遣る直前に引き抜かれたせいか、身体の奥にいまだにペニスが挟まっているような気がする。

ベッドに横たわっていると、人の話し声が聞こえ、階段を降りる何人かの足音が聞こえてきた。

（えっ……！）

毛布で裸身を隠した。

先頭に立っているのは、井手だ。その後につづいているのは、井手と親しげに会話をしていた初老の紳士で、確か末永と言った。見るからに高い地位についていそうな、ロマンスグレーの品のいい男だ。

（その末永さんが、なぜ？）

末永の後ろから現れた女を見て、ギョッとした。なぜなら、ガウンをまとった女は、三嶋玲菜だったからだ。

（どうして？）

ゆり子は毛布をぎゅっと握りしめた。

「びっくりしただろう？　当然だよな、同じ会社の仲間だものな。末永さんがどうしてもスワッピングを愉しみたいとおっしゃる。ちなみに、この方はとても偉い人だ。『スタッフ・プリティーズ』に協力してくださるそうだ。そうですね、社長？」

「ああ、任しておきなさい。もっとも、それは、これが上手くいったらの話だ」

「そういうことだ。社長たちはそこのベッドでお愉しみください。しばらくしたら、パートナーを交換しましょう」

井手がまさかのことを平然と言う。

ゆり子は、玲菜を見た。玲菜はアイスドールと呼ばれている冷たい美貌を崩さない。いやなことはいやとはっきり言う女だから、納得しているのだろう。

「さっきのつづきをしようか」

井手がベッドにあがって、ゆり子の足を開いた。いきりたっているものを、即座に打ち込んできた。躊躇《ためらい》が許される雰囲気ではなかった。

「すごいな、あんたのココは。こんなときもヌレヌレだ。感心するよ。ますます気に入った」

膝の裏をつかんで、ぐいと開かされる。その姿勢で、ずりゅっ、ずりゅっと奥まで打ち込んでくる。

すぐ隣のベッドに、二人の気配を感じる。声を出したくはなかった。激しく喘いで、身悶えをしているところを見られたくはなかった。

しかし、力強く怒張を叩き込まれると、我慢できなくなった。

「あっ……あっ……」

ゆり子は声を洩らしてしまい、思わず隣を見た。

すぐ隣のベッドでは、四つん這いになった玲菜を、末永が後ろから突いていた。玲菜は声を出さない。しかし、痩身の末永にぐん、ぐんっと後ろから貫かれて、

「くっ……くっ……」

声を押し殺しながらも、気持ち良さそうに背中を弓なりに反らせている。

女が見ても、しなやかで野性的なプロポーションだった。下を向いた乳房は乳首が突き出て、引き締まったヒップだけが持ちあげられ、その裸身の作る曲線がひどくいやらしかった。

(あああ、玲菜さん……)

実際に他人のセックスを目にするのは、これが初めてだった。しかも、男に貫かれている玲菜は想像以上にエロチックだった。

ゆり子は密かに昂った。そこを、井手にしこたま打ち込まれて、歓喜がうねりあがってくる。

「あんっ、あんっ、あんっ……ぁああ、いいの。いいのよぉ」

顔を隣のベッドに向けながら、恥ずかしい声をあげていた。

と、玲菜がこちらを向いた。

四つん這いになって、後ろから打ち込まれ、ぶるん、ぶるるんと乳房を揺らし

ながら、ゆり子を見る。細くなった目が、いやらしく潤んでいた。

（ああ、玲菜さん……）

ゆり子はレズビアン的な感情さえ抱いてしまう。

と、玲菜が声をあげはじめた。霞《かすみ》のかかったような目をゆり子に向けて、

「ああ、ぁあああうぅ……感じるの。わたし、感じてる……もっと、もっと突いて。玲菜をメチャクチャにして。ぁあああ、ステキ！」

まるで、ゆり子に向かって語りかけているようだった。

「ああ、わたしもよ。気持ちいい……気持ちいいの。おかしくなる。ゆり子、おかしくなる」

「ぁああ、玲菜も感じてる。あんっ、あんっ、ぁあん……」

二人はお互いを見て、喘ぎを噴きこぼす。まるで、いかに自分が気持ちいいかを競い合っているように。

その競演が、男たちに火を点けたのだろう。

井手が肉棹を抜いて、移動する。末永も入れ代わりにこちらのベッドにやってきた。

末永が膝を持ちあげて、突入してきた。

「ぁあああ……！」

ゆり子は体験していることが、信じられない。

ついさっきまで、玲菜におさまっていたイチモツが、今は自分の体内におさまっている。そして、自分と繋がっていた井手が、玲菜を後ろから突いている。

「ぁあああ……すごい、すごい……もっと、もっとして。玲菜をメチャクチャにして」

隣のベッドでは、玲菜がシーツを鷲づかみにして、尻を振っている。自ら腰を前後に揺すって、井手のイチモツを深いところに導いている。

セックスも高飛車だと思っていた玲菜が、今はマゾっぽくなっていて、とてもエロチックだ。

そんな姿にゆり子も刺激を受けていた。自分にレズビアンの素質があるとは思っていない。では、なぜこんなにも昂ってしまうのだろう。

(きっと、これもツアーの最中だからだわ)

旅の恥はかき捨てと言う。きっと旅の途中では、どんな恥ずかしいこともできてしまうのだ。旅の間だけ、人は日常をかなぐり捨てて、特別な自分になる。それが、旅の『特典』だ。

末永の細い指が、ゆり子の膝裏に食い込んでくる。その痛さが、今は心地よい。

（ああ、イキたい……イキたいの。いやなことをすべて忘れさせて）

ゆり子は末永の猛禽類に似た顔を見た。

末永がぎらぎらした目を細めて、腰を強く打ち据えてくる。膝裏をつかんで持ちあげ、上から突き刺しながら、すくいあげてくる。

そのしゃくるような動きが、ゆり子を高みへと押しあげた。

「ぁああ……あああ……いいの。イキそう……イクわ……イッテいいですか？」

「ああ、いいぞ。イカせてやる」

末永がその年齢が信じられないほどの強靭さで、ぐいぐいと打ちおろしてくる。

それがいいところに当たって、

「ぁああ、イク、イク、イッちゃう……！」

ゆり子は生臭く呻いて、これまで体験したことのない圧倒的な絶頂へと押しあげられた。

4

ほぼ同時刻、塔子はスイートの二階にあるソファで、鶴田を前に緊張感を隠せないでいた。

ついさっきまで、今回の担当客である塩谷の接待をしていた。そこにいきなり電話がかかってきた。塩谷は話を聞き、

『いいですよ。では、塔子さんをそちらに行かせますから、鶴田さんもそっちの添乗員をこちらに寄こしてください』

電話を切って、にこっとし、

『鶴田さんから指名がかかった。行ってやりなさい。こっちにも、鶴田さんについていた子が来るから。よっぽどあなたに気があるとみえる。あの慎重居士がチェンジを求めてくるんだからね』

そう言って、塩谷は豪快に笑ったのだった。

「悪かったね」

正面のソファに座っている鶴田が、ちらりと塔子を見た。

「驚きました。鶴田さんがこんなことをなさるとは……いえ、わたしとしてはうれしいんですが」

「自分が恥ずかしいよ。きみが、知っている男と同じ部屋のなかに長いこといるかと思うと、居ても立ってもいられなくなってね」

「もしかして、鶴田さん、嫉妬してくださったんですか？」

「……そうかもな」

いつもは、ストレートに感情を見せない鶴田がそんなことを言うから、塔子の心臓がドクッ、ドクッ、ドクッと強い鼓動を刻みはじめた。

「きみとしては、塩谷さんを接待したほうが、有益だ。それはわかっているんだが……」

鶴田が複雑な顔をする。

塔子はうれしかった。

塔子も鶴田には好意を抱いている。感謝とリスペクトの気持ちであることはもちろんだが、男と女の感情も多分に入っている。そうでなければ、この前、常務室でしたようなことはできない。

しかし、鶴田には妻子がいる。そして、自分にも夫がいる。だから、気持ちを必死に抑えていたのだが……。

「今夜のきみは、とくにきれいだ」

鶴田が目を細めた。

塔子は今夜のために、ノースリーブだが裾のひろがった優雅なドレスを着ていた。髪はアップにまとめて、うなじとひろく空いた背中を強調している。

鶴田が立ちあがって、塔子の隣に来た。

塔子の身体を横に向かせて、

「きれいな背中だ。この襟足の後れ毛……」

ちゅっと、うなじにキスをしてきた。

「あっ……！」

塔子はビクッと首をすくめる。

鶴田の温かい息が、後れ毛をくすぐってきて、ゾクッとする。

「でも、常務には、奥様が……」

思わず言う。

「きみだって、ダンナがいるじゃないか。お互いさまだよ。旅はすべてを忘れられるから、いいんだ。違うかい？」

鶴田が後ろから耳元で囁いてくる。

「……それは、そうですけど……」

「常務室で、きみは女にとっていちばん大切なところを見せてくれた。俺もおチンチンを見せた。あのとき、二人は一線を越えた。そうじゃないか？」

鶴田の温かい息が耳の後ろにかかった。

「ぁあああ……知りませんよ。どうなっても、知りませんよ」

「どうなるんだ？」

鶴田の手が身体を撫でてきた。

ドレスの脇をさすりあげ、そのまま、ひろく空いた背中をなぞってきた。敏感な背中を撫であげられて、

「あっ……ぁああうぅぅ」

塔子は背中を反らせる。

鶴田の指が触れている箇所から、ぞわぞわっとした戦慄《せんりつ》が這いあがり、身体の奥が甘く疼いた。

（やっぱり、わたしはこの人が好きなんだわ。完全な不倫なのに……）

鶴田の手がドレスの広く空いた背中から、前へとすべり込んできた。塔子は

パット付きのドレスを着ていて、ブラジャーはつけていない。

じかに、乳房をつかまれて、さっきより芳烈なパルスが流れ、肌が粟立った。

大きな手が乳房を揉みしだき、さらに、乳首をつまんでくる。そこをくりっ、くりっとねじられて、

「ぁあああ、ダメっ……あっ、あっ……」

塔子は背中を反らせ、顎をせりあげていた。うなじにキスをされる。

さらに、耳たぶをねっとりと舐めあげられる。

「くっ……くっ……あっ……」

体中が期待感に満たされ、がくっ、がくっと震えてしまう。

それは夫との間では決して得られない、身体が痺れるような快感だった。

鶴田のもう片方の手が、ドレスの裾をまくりあげる。

太腿までのストッキングに包まれた下半身があらわになり、塔子はぎゅうと太腿をよじりあわせた。

すると、鶴田は太腿を強引にひろげ、後ろから太腿をなぞってくる。内側へと手をすべり込ませながら、乳房を揉んでくる。明らかに尖ってきたとわかる乳首を繊細な指づかいで転がされる。

「ああ、鶴田さん……ほんとうに知りませんよ。どうなって……ぁあああ、そこ……！」

塔子は右手を後ろにまわして、鶴田の後頭部をつかむ。

「きみが好きなんだ。どうしようもなく……塔子を抱きたい。お前と繋がりたい」

殺し文句だった。

鶴田の指がパンティのクロッチにじかに触れた。狭間を指でさすられて、

「ぁあうぅ、ダメっ……」

塔子は太腿を締めつける。

「どうした？　濡れているから、恥ずかしいんだろ？」

「……知りません！」

「俺に身を任せろ。力を抜け」

ぐいと太腿をつかまれて開かれると、その男らしい仕種に、身体と心が蕩けていく。

クロッチを指でさすられる。

少しは我慢できた。しかし、つづけざまに濡れている箇所をなぞられ、上方の

肉芽をかるく刺激されると、もうこらえられなかった。

「ぁあああ……ぁあああ……ぁああ、恥ずかしいわ。鶴田さん、恥ずかしい」

「濡れているからかい？　平気だよ。女はここを濡らしてナンボだろ」

そう言って、鶴田が両太腿に手をかけて、ぐいと左右に開いた。耳元で囁いた。

「塔子、お前の恥ずかしい姿が窓に映っている」

おずおずと窓を見た。

上のほうがわずかにカーブした大きな窓ガラスは、カーテンが開けられていて、ほぼ暗闇の景色が後ろに飛んでいく。

そして、鏡と化したガラスには、自分のあられもない姿が映り込んでいた。ソファで両足をいっぱいに開かされ、シルバーのパンティをあらわにした恥ずかしい姿が。

背後の鶴田は、ガラスに映った塔子をじっと見ている。窓ガラスのなかで目が合って、塔子は目を伏せる。

「頼みがある……こうしてお前の足を開かせているから、自分でしてくれないか？」

「えっ……？」

「この前の常務室で、わかっているだろう？　俺はヘンタイなんだよ。いや、女性のオナニーは誰だって見たいから、ヘンタイとは言わないかな。頼む、塔子、自分であそこを……」

　鶴田が懇願してくる。

　一流旅行会社の取締役がカミングアウトしてくれている。それが、うれしい。応えたいと思う。

　塔子はおずおずとパンティの基底部に指を伸ばした。

　そこをさすりながら、もう一方の手でドレスの胸元をつかんだ。ぐいとつかむと、芳烈なパルスが流れ、

「ぁあああ……これ、やっ……やっ……」

　塔子は口ではそう言いつつも、下腹部を指でなぞり、胸を揉みしだいていた。

　愛する男に、オナニーを見せるなど、恥ずかしすぎて、身体も頭もカッと焼けるようだ。

　しかし、おびただしい蜜が羞恥心を薄めていく。

　パンティに愛蜜が沁みだしてきて、そこを強めに擦ると、甘い愉悦がひろがってきて、知らずしらずのうちに腰が動いてしまう。

こらえきれなくなって、パンティの上端から手を入れて、中指を熱い滾《たぎ》りに押し込んだ。容易にそれを受け入れた膣は驚くほどに熱くなっていて、蕩けたような粘膜が指にからみついてくる。

「ぁああ、あああ……恥ずかしい。恥ずかしい……ぁああうぅ」

指を抜き差しする。ぐちゅぐちゅと淫靡《いんび》な音がして、快感を求めて腰が勝手に動いてしまう。

鶴田がまた背中からドレスのなかに手を入れて、乳房をじかに揉んできた。

塔子の五感は呼び覚まされていて、乳首に指が触れただけで、もうどうなってもいいと思うような芳烈な快美感がほとばしる。

「目を閉じるな。顔をあげて、自分を見なさい」

鶴田に言われて、おずおずと正面のガラスを見る。そこには、パンティのなかに手を入れて、いじりまわしている、淫らすぎる自分の姿が映っていた。

「そのまま、目をそらすなよ」

鶴田が乳首をつまんで、くりっ、くりっと転がした。さらに、きゅーっと引っ張りあげて、ねじる。

放して、尖りきっている乳首を指先で弾いてくる。リズミカルに突起を刺激されて、塔子の性感は一気に高まった。

「あっ、あっ、あっ……ぁああ、いや、いや、いや……」

顔を伏せると、

「自分を見なさい」

鶴田の叱責《しっせき》が飛んでくる。

ふたたび、窓を見る。

すると、東北のどこかの駅を、列車が通過していくところだった。

深夜なのに、無人のプラットホームには明かりが点き、箱型の自動販売機が様々な色の明かりを発している。

ここは二階だから、自分の姿を見られる可能性はまずない。こんなところを誰かに見られたら、恥ずかしすぎて死んでしまう。

5

鶴田がソファの前に立った。すでに下は脱いでいて、剝き出しの下腹部から逞しい肉の塔がそそりたっている。

塔子もつけているのは、太腿までの肌色のストッキングだけで、ほぼ生まれたままの姿になっていた。

「舐めてほしい」

そう請われて、塔子はソファに腰をおろした格好で、いきりたつものを静かに握った。

(ああ、これが鶴田さんの……!)

初めて触れる鶴田の怒張は熱く脈打ち、血管がミミズのようにのたくっている。

頬張ろうとし、外が気になって、窓を見た。

そこは海岸線らしく、欠けかけた月の明かりが海面に落ちて、ところどころ光っている。きれいだ。しかし、あまりにも恥ずかしい。

「あの……カーテンを……」

鶴田を見あげて言う。

「閉めてしまったら、臨場感がなくなるだろう。窓の景色が後ろに飛んでいくから、列車のなかでしているっていう臨場感があるんだ。平気だよ。見ているのは、お月さまだけだ」

お月さまに見られるのも恥ずかしいんだけど……。

そう思いつつも、鶴田が急かしてきたので、塔子は上体を傾けて、目の前の肉柱に唇をかぶせていく。

（あぁっ、これが常務の……）

口のなかにおさめたものが愛おしくなって、唇をゆったりとすべらせる。

「くっ……！」

鶴田が顔をあげて、呻いた。

塔子は指を肉棹から離し、口だけでかわいがる。根元まで呑み込むと、それが喉を突いてきて、苦しい。しかし、それが悦びでもある。

喉をいっぱいにひろげて、頭部をさらに奥まで吸い込むと、

「おおっ、すごいぞ」

鶴田が気持ち良さそうな声を出したので、塔子はうれしくなる。

ディープスロートをする。

つらくて涙が出そうだ。それを我慢して、大きく顔を打ち振った。

いったん動きを止めて、鶴田の腰をつかんでぐいと引き寄せる。すると、切っ先が喉奥に触れて、瞬間的に吐き出していた。

「ぐふっ、ぐふっ……ゴメンなさい」

「いいんだ。きみのその気持ちがうれしいよ。無理しなくていい」

「すみません」

塔子は唾液でぬめ光るものを、また頬張る。顎関節がつらい。しかし、恩義のある人のものを頬張っているのだからと、大きく速く唇を往復させる。

鶴田が顔をくしゃくしゃにして感じてくれている。

横を見ると、列車の窓に自分の姿がはっきりと映っていた。夜景をバックに、鶴田のイチモツを咥えている裸の塔子が。

恥ずかしくて、内臓が縮みあがる。だが、鶴田にかしずくように唇をすべらせている自分が愛おしくもある。

「いいぞ。ありがとう……あまりされると出てしまう」

鶴田はソファに腰をおろし、塔子に後ろ向きに座るように言う。

塔子は背中を見せて、いきりたつものを導きながら、慎重に腰を沈めていく。

長大なものが体内に押し入ってきて、

「あっ……！」

途中まで落とした状態で、腰を止める。

すると、鶴田が下から突きあげながら、後ろから抱きしめてくる。

「ぁあああ、くっ……！」

野太いもので後ろから串刺しにされて、そのクサビを打ち込まれたような衝撃が、脳天まで届いた。

「ぁああ、すごい……ぁあああ……」

あまりの衝撃に、動くことさえできない。

鶴田が腋の下から手を入れて、乳房をつかんでくる。両方の乳房を繊細かつ大胆に揉まれ、尖りきっている乳首を指で転がされる。

「い、いや、それ……ダメです。ダメ、ダメ……ぁあうぅぅ」

乳首からおりてきた疼きが下腹部に届き、ひとりでに腰が動いてしまう。

腰から下をくいっと後ろに突き出し、前にせりだす。それを繰り返しているうちに、訳がわからなくなった。狂ったように腰を前後に打ち振っていた。

「おおぅ、たまらんよ。キ、キスしてくれ」

鶴田が求めてくる。

塔子は少し顔を傾けて、下から見あげる。鶴田が上から唇を合わせてくる。

唇が重なり、鶴田の息づかいや唾液の匂いを感じる。

男の舌が潜り込んできて、塔子はそれを下から迎えうつ。舌をからめると、鶴田はその舌をしゃぶりながら、乳房を揉み込んでくる。

「うっ……うぐ……」

体中が快感に満たされていた。塔子はのけぞるようにキスを交わし、乳首をいじられている。体内に埋まった肉の柱をもっと感じたくなって、腰をくいっ、くいっと揺すってしまっている。

と、鶴田の手が腹から下腹部へと這いおりていき、肉棹が入り込んでいる局部の上のほうをいじってくる。

(ああ、そこは……!)

クリトリスを微妙に刺激されて、甘く強烈な快美感がうねりあがってきた。キスされ、乳首とクリトリスを愛撫され、しかも、体内を怒張で貫かれているのだ。

(あああ、おかしくなるぅ)

送り込まれる唾液をこくっ、こくっと嚥下する。

それが媚薬となって、いっそう塔子を昂らせる。

と、鶴田がキスをやめて、塔子を前に倒した。

塔子は両手を前のソファに突いて、身体を支える。鶴田は立ちあがって、後ろから塔子を突いた。

両足を床に、両手をソファに突いた塔子の腰をつかみ寄せて、バチン、バチンと音が出るほどに後ろから、怒張を叩きつけてくる。

「あんっ、あんっ、ぁあん……」

重い衝撃が、体内に響きわたり、乳房も子宮も揺れて、その揺れが塔子を高みへと追い込んでいく。

「ああ、常務、イキそう。イクわ……」

訴えると、鶴田が塔子の上体を持ちあげて、向きを変え、窓に両手を突かせた。

塔子はガラス窓をつかみ、バランスを取る。その腰をぐいと後ろに引き寄せられて、肉棹を強く打ち込まれた。

「あんっ、あんっ、あああうぅ」

「気持ちいいか？」

「はい……気持ちいいです……イキます。わたし、イッてしまう」

「今、目にしている景色を目に焼きつけておけよ」

「はい……列車で鶴田さんにされてる。ぁあああ、乳房があんなに揺れて……いやらしいわ。わたし、いやらしい……」

「そうだ。きみはもともとエッチなんだ。そして、エッチな女ほどかわいい」

「恥ずかしいわ……ぁあああ、ほんとにイキそうなの。ぁあああ、ぁあああああ……思い切り突いてください」

「よおし、きみのプライドを木っ端微塵にしてやる」

鶴田が後ろから、突きあげてきた。

「あん、あんっ、あんっ……ぁああし、ぁああああああ……イキます。わたし、イキます」

「そうら、イケ。俺も出す」

猛烈に突かれて、快楽の水が溜まり、ついに、喫水線を越えた。

「ぁああ、イクぅ……！　くっ……くっ……」

目眩く絶頂へと駆けあがる。切なさの風船がパチンと爆ぜ、風船がしぼむように身体から力が抜けていく。

崩れ落ちようとする塔子を、鶴田は支えながら、さらに突きあげてくる。

「ぁああ、また……やあああああああぁぁぁ！」

ふたたびエクスタシーに押しあげられて、塔子は忘我状態で、がくっ、がくっと躍りあがる。

「おおぅ、出すぞ、くっ！」

鶴田が唸りながら、放っているのがわかる。

射精が終わったとき、塔子は立っていられなくなって、床に崩れ落ちた。気が遠くなり、ぐったりと床に横たわる。

全身脱力してしまって、まるで力が入らない。

ガッタン、ゴー、ガッタン、ゴー――。

列車がレールの上を走る音がする。カーブを迎えているのか、車両が大きく揺れる。

鶴田に抱き起こされた。ソファの上で抱きしめられる。

塔子は男の胸のなかで、列車の走行音とかすかな波の音を聞いていた。


数カ月後、ジャパン添乗員協会賞が発表された。

『スタッフ・プリティーズ』は大賞は取れなかったが、特別賞を受けた。『おもてなし賞』がその賞の名前だった。

「やったぁ！」

会場に来ていた四人は欣喜雀躍《きんきじゃくやく》して、四人で壇上にあがった。そして、特別賞を授与するそのプレゼンターの老紳士の顔を見て、ゆり子は驚愕した。

協会の顧問と紹介された男は、ゆり子が東北の秘湯ツアーで、車内でフェラチオをし、温泉で抱かれた山沖だったのだ。

山沖は、目を白黒させているゆり子に微笑みかけ、こう言葉をかけた。

「『スタッフ・プリティーズ』のみなさん、おめでとう。じつは僕も偶然、彼女たちの添乗するツアーに乗り合わせことがあって。そのとき、そのおもてなしの精神に富んだサービスにいたく感心した。僕だけじゃない。他の調査員も、その一生懸命さは貴重だ、ときみたちを推す者が多かった。これからも、その『おもてなし』の精神を忘れずに、仕事に邁進してくれたまえ。おめでとう」

山沖の差し出したトロフィーを塔子が受け取ると、会場には万雷の拍手が鳴り響いた。

その受賞をキッカケに、『スタッフ・プリティーズ』への各社からの添乗依頼は飛躍的に増えた。そのなかに、塔子が辞めたMツーリストも入っていた。

見城が父親である社長に、強く『スタッフ・プリティーズ』を推したらしいのだ。

朱里に童貞を捧げた見城は、今も時々、朱里が添乗員をするツアーに参加して、朱里を抱こうとし、そのたびにフラれている。

そして、塔子と鶴田の不倫も、二人は危険を承知でつづけている。

仕事の依頼の増加で、四人ではこなせなくなって、塔子は新しく社員を入れた。

もちろん、社員は女性限定で、なおかつ人妻という条件がつく。

人妻だけの添乗員派遣会社『スタッフ・プリティーズ』は今も、需要に追いつけないほどに繁盛している。

ただし、「あそこに添乗を頼めば、もれなくあっちのほうの『特典』もついてくる」というウワサが、まことしやかに流れていることもまた事実だった。

〈了〉

＊この作品は、イースト・プレス悦文庫のために書き下ろされました。

イースト・プレス
悦文庫

人妻添乗員《ひとづまてんじょういん》 お乗《の》りあそばせ

霧原一輝《きりはらかずき》

2018年5月22日　第1刷発行

企　画　松村由貴（大航海）
DTP　臼田彩穂
編　集　棒田　純

発行人　安本千恵子
発行所　株式会社　イースト・プレス
〒101-0051
東京都千代田区神田神保町2-4-7久月神田ビル
電　話　03-5213-4700
FAX　03-5213-4701
http://www.eastpress.co.jp

印刷製本　中央精版印刷株式会社
ブックデザイン　後田泰輔（desmo）

ISBN978-4-7816-1662-9　C0193

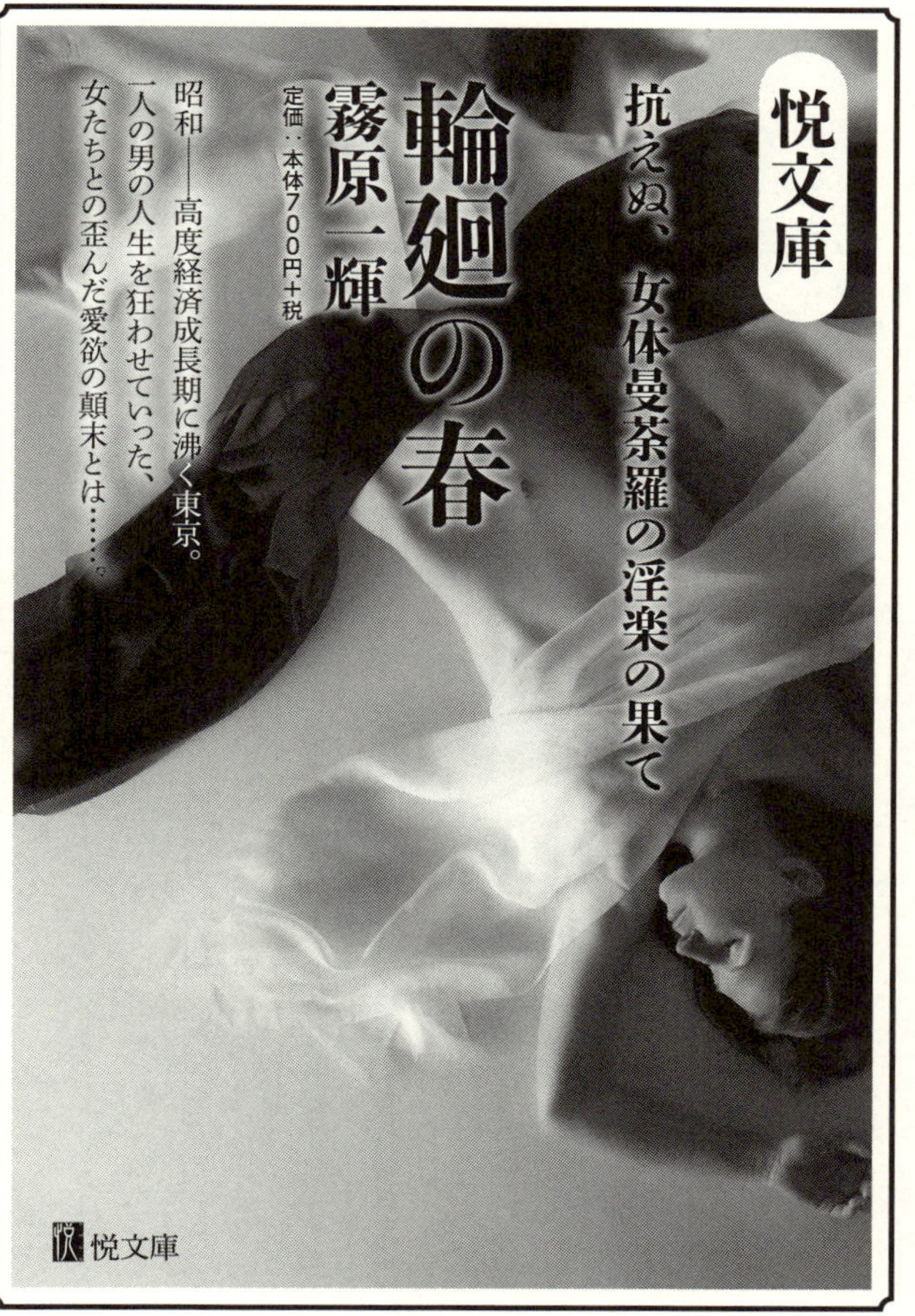
悦文庫
抗えぬ、女体曼荼羅の淫楽の果て
輪廻の春
霧原一輝
定価：本体７００円＋税
昭和――高度経済成長期に沸く東京。
一人の男の人生を狂わせていった、
女たちとの歪んだ愛欲の顛末とは……。
悦文庫